신이
주신
눈물

KAMISAMA GA KURETA NAMIDA
by Natsuki Iijima
Copyright ⓒ2005 by HIROKO IIJIMA
Original Japanese edition published by Shincho-Sha Co., Ltd.
Korean translation rights arranged with Shincho-Sha Co., Ltd.
through Shinwon Agency Co., Seoul.

Korean translation rightsⓒ 2007 by Innerbook publishing Co.

신이 죽신 눈물

Tears in Heaven

이이지마 나츠키 지음

임희선 옮김

이너북

c o n t e n t s

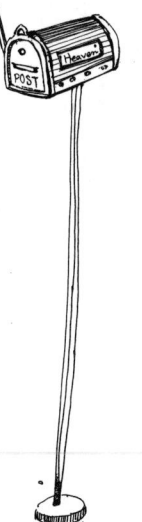

시간이 흘러 기분이 우울해질 때도 있겠지
시간이 흘러 낙심할 때도 있겠지
그리고 마음이 산산이 무너질 때도 있겠지
제발, 제발 하면서
진심으로 바라게 될 거야
그 문 너머로 평안함이 기다린다고 나는 믿고 있어
그러면 더 이상 천국에서 눈물 흘리는 일은 없을 거야

에릭 크렙튼 〈Tears in Heaven〉

프롤로그

안녕하세요.

단도직입적으로 말씀드리겠는데, 심심하다고 제발 저한테 말 좀 걸지 마세요.

전 보기보다 혼자 조용히 있는 것을 좋아하는 편이라, 그냥 가만히 내버려두었으면 좋겠어요.

전 당신이 어떤 암에 걸렸는지, 어느 단계에 있는지 모릅니다. 그런 건 제가 알 바 아니고, 전 지금 제 병에 대해 생각하기도 바쁩니다.

문병을 오는 대학 후배들한테 당신이 끝도 없이 늘어놓는 설교 때문에 옆 침대에 있는 저는 시끄러워서 견딜 수가 없습니다.

말이 나온 김에 말씀드리자면 "끈기가 없다"는 둥, "기가 빠져서 그 모양"이라는 둥, 그런 황당한 설교를 늘어놓고 있는 것을 보아하니 당신은 스포츠를 도무지 이해하지 못하는 것 같습니다. 요즘 같은 때에 그렇게 정신력이 어떻고, 마음가짐이 어떻고 하는 주장을 앞세워 봐야 아무 짝에도 쓸모가 없을뿐더러 아무도 그 말에 수긍하지 않을 테니까요.

이참에 저에 대해 조금 소개해 드릴까 합니다.

전 축구를 하고 있습니다. 축구를 아는 일본 사람이라면 저를 모르는 사람이 거의 없을 겁니다. 자랑처럼 들릴지 모르지만 그게 사실이니까 할 수 없지요. 전 중학생 때부터 U-15 일본 대표 선수로 세계 강호 팀들과 시합을 많이 했고, 지금 현재도 U-20에 선발되어 국가 대표 선수로 해외원정을 나가기도 합니다.

고등학교도 축구 명문고여서 졸업과 동시에 유럽의 클럽 팀으로 가서 유학한 다음 국가 대표 선수로 입단하기로 거의 결정되어 있는 상태지요.

저한테는 아주 커다란 꿈이 있습니다.

유럽 등 축구 강국의 클럽 팀에 들어가 지단이나 호나우

두, 베컴과 같은 세계적인 영웅이 되는 것입니다.

꿈이니 영웅이니 하는 달콤한 단어를 쓰기는 하지만 사실 저는 축구가 빠른 시간 안에 돈을 벌 수 있는 비즈니스라고 생각하고 있습니다.

그러니까 물론 저를 선발 멤버로 써 줄 팀을 원하지만, 그렇지 않더라도 계약금이 많은 곳, 그리고 저의 브랜드 가치를 높여서 일본에서 광고 수입이 늘어날 수 있을 만한 팀이라면 어디든 가리지 않고 갈 작정입니다.

죽을 때까지 자기가 축구 선수라고 생각하는 사람들은 정말 바보들입니다.

일본에는 그런 착각 속에 사는 사람들이 많이 있지요. 프로 축구 선수의 수명이라고 해 봐야 고작 5년에서 7년에 불과합니다. 벌이도 별것 아니고요.

축구를 평생 직업으로 착각하고, 국가 대표가 되었다고 자랑하면서 영원히 선수로 있을 것처럼 달콤한 꿈속에 빠져 있다가 몇 년 후에는 시합에도 나가지 못하고 휴지조각처럼 버려지는 사람들이 얼마나 많은지 모릅니다.

그런 식으로 은퇴한 선수들 대부분은 그 뒤로 가족을 먹여살릴 민한 직업조차 축구입계에서는 구하지 못하나. 결국에는 음식점 종업원이나 하면서 생계를 꾸려 나갈 수밖에 없지요.

자기가 왕년에 국가 대표 선수였다는 헛된 자존심을 머릿속에서 지워버리지 못해서 상사에게 고분고분 고개를 숙이지도 못하고, 과거의 영광에만 매달려서 새로운 직장이나 환경을 받아들이지 못하다가 그대로 사회의 낙오자가 되어버리는 사람들도 많다고 들었습니다.

인생의 초기 단계에서 너무 일찍 주목과 칭찬을 받는 것이 얼마나 무서운 일인지, 저는 선배들의 삶을 통해서 질릴 정도로 봐 왔지요.

그러니까 전 그런 축구 바보가 될 생각은 추호도 없습니다.

전 서른다섯 살 정도에 은퇴해서 선수 시절에 번 돈으로 해외에서 익힌 어학 실력과 국제성을 잘 활용해 하와이나 델라웨어 같은 곳에 부동산관리회사를 세울 작정입니다.

이 두 주(州)는 수출자유지역으로 기업을 유치하고 있기 때문에 외국인이 회사를 세우기가 비교적 쉽거든요. 믿을 만한 현지 직원을 5명 정도 채용해서 하와이와 마우이, 빅 아일랜드 그리고 아직 개발이 되지 않은 카우아이 섬, 캐나다의 휘슬러 등지에 콘도나 휴가용 렌털 하우스, 토지 등을 5건에서 10건 정도 구입할 예정입니다. 그 다음에는 일할 필요 없이 미국 영주권을 취득해서 꿈의 섬 하와이에 자리를 잡고, 부동산 임대 수입으로 유유자적 살아갈 생각입니다.

이 우중충한 하늘을 가진 도쿄에서 죽을 때까지 피땀 흘리며 평생을 산다는 것은 생각만 해도 끔찍합니다.

이야기가 길어졌지만, 제가 무슨 말을 하고 싶은가 하면 아무튼 저한테는 창창한 미래와 꿈이 있다는 것입니다.

커튼 너머로 들려오는 이야기를 통해서 당신이 인테리어인가 뭔가를 하고 있다는 사실을 알았습니다.

이런 말은 하고 싶지 않지만 평범한 당신과는 달리 저는 장래가 유망한 뛰어난 사람입니다. 이런 곳에서 시간을 허투루 낭비하고 있을 사람이 아니란 말입니다.

그러니까 다음 사항들을 꼭 지켜 주셨으면 합니다.

1. 갑자기 커튼을 열고 말을 걸지 않는다.
2. 당신이 좋아하는 과자 종류를 권하지 않는다. (저는 그렇게 첨가물이니 방부제가 잔뜩 들어 있는 음식을 싫어합니다.)
3. 이 4인용 병실에서 다른 환자들과 함께 큰소리로 웃거나 떠들지 않는다.
4. 코를 골지 않는다. (너무 시끄러워요. 그 소리 때문에 전

매일 수면 부족에 시달리고 있고, 정신적으로 안정을 찾을 수가 없습니다.)

5. 저의 병에 대해서 묻는 등, 남의 사생활을 함부로 넘보는 종류의 질문을 하지 않는다. (전 당신과는 달라서 정신적으로 아주 섬세한 사람입니다. 굳이 당신과 친해지려는 마음은 조금도 없으니까 그 점을 알아주었으면 합니다.)

6. 방문객을 아무나 들이지 않는다. (입원 안내를 한번 읽어봐 주세요. '면회는 같은 병실에 있는 다른 환자들에게 피해가 가지 않도록 가능한 한 짧은 시간 안에 끝내 주십시오.' 라고 쓰여 있습니다. 당신을 찾아오는 사람들이 너무 많아서 옆에 있는 제가 피곤해 죽겠습니다.)

이상입니다.

우리 입원 환자들한테는 현관문 같은 것도 없어서 커튼만 열어젖히면 그대로 사생활이 노출되어버린다는 점을 분명히 알아주십시오.

하고 싶은 말이 아직 많지만 최소한 지금 말씀드린 사항들만이라도 알아주셨으면 합니다.

이만 줄입니다.

13층 A실 가와무라 유지

"대충 이런 식으로 정리해 보았는데, 정말 이렇게 써도 되는 건가? 진짜로 이 편지를 그 사람한테 줄 생각이야?"

나는 고등학교 교복을 입은 앳된 모습의 미호에게 물어보았습니다.

미호는 글귀를 확인하고 있습니다. 마음속으로는 자기도 하기 싫겠지요. 하지만 유지를 생각하면 그런 말을 입 밖에 낼 수가 없다는 괴로움과 싸우고 있는 것처럼 보였습니다.

"조금 더 부드러운 문장으로 바꾸든지, 정 힘들다면 간호부장님한테 부탁드려서 넌지시 주의를 주게 하든지……. 아니면 병실을 바꿔달라고 할 수도 있어."

내 조수 역할을 해 주고 있는 미즈호 씨가 난처한 표정을 짓는 미호에게 부드럽게 말을 걸었습니다.

암센터에 있는 정신과 부장인 하라다 박사의 후원으로 시작한 이 '편지 대필업'. 정신과 의사인 나는 지금까지 2년 동안 환자들이나 그 가족들을 위해 마음이 따뜻해지는 편지를 써 왔습니다. 그런데 이 정도로 대담하고 도발적인 편지를 쓴 것은 난생 처음입니다.

보내는 사람은 장래가 촉망되는 축구 선수인 유지 군입니다. 그 아이는 초신 때노 여기 '편지센터 Heaven'으로 온 적이 있는데 우리한테 마음을 전혀 열지 않았던 아주 다루

기가 까다로운 환자입니다.

게다가 편지를 받는 사람으로 되어 있는 인테리어 관련업자란 바로 노부 씨입니다. 미호한테서 부탁을 받아 편지를 써 보기는 했지만 미호도 그렇고, 유지도 그렇고 다들 노부 씨를 오해하고 있다는 생각을 떨쳐버릴 수가 없었습니다.

그렇다고 해서 내가 노부 씨를 설득해서 좀 더 조용히 해 달라든지, 다른 환자들에게 피해가 가지 않도록 해달라고 부탁하는 것은 아예 불가능한 얘기입니다. 그렇게 무서운 아저씨한테 잘못 보였다가는 무슨 봉변을 당할지 상상만 해도 오금이 저릴 정도니까요.

미호는 편지에 눈길을 떨군 채 한참 동안 묵묵히 고개만 숙이고 있더니 이윽고

"입원한 다음날 간호부장님한테도 말씀드렸어요. 하지만 그 환자 분은 유지가 얼마나 힘들어 하는지 전혀 모르는 모양이었어요. 둔해서 그런지 아니면 모르는 척하는 건지. 무슨 말을 해도 한 손을 번쩍 들고는 '어, 그랬어? 미안, 미안.' 하면 그만이에요." 하고 풀이 죽은 목소리로 말했습니다.

사실 노부 씨가 둔감하다는 점에 대해서는 나도 부인할 수가 없지만…….

"그랬어? 정말 좀 둔한 사람 같네. 하지만 그런 정도라면

간호부장님이 다른 병실로 바꿔주시지 않을까? 13층 A실이지? 거기 담당 간호부장님이라면 눈치도 빠르고 좋은 분이니까 반드시 힘이 되어주실 텐데……."

미즈호 씨도 아직 노부 씨에 대해서는 잘 모릅니다. 알고 있다면 내 편이 되어서 같이 노부 씨를 감싸주었을 테니까요.

"간호부장님은 정말 잘해주세요. 하지만 24시간 내내 그 아저씨를 감시하고 있을 수도 없는 일이고, 더군다나 이번 주에는 입원 환자가 밀어닥치는지 그 층은 병실이 다 꽉꽉 차 있어요. 다른 층으로 옮겨주려고 알아보는 모양이기는 하지만 아직 확답을 듣지 못했어요."

여기는 일본에서도 암치료 분야의 최첨단 시설로 손꼽히는 국립암센터 중앙병원입니다. 암으로 고생하는 많은 사람들이 이곳에 입원하기 위해 일본 전국 각지에서 대기를 하고 있지요. 입원할 때까지 한두 달 정도 기다리는 것은 예삿일입니다. 유지도 두 달 이상을 기다렸다가 겨우 입원했을 정도니까요.

그러니까 간호부장님이 아무리 마음씨 좋은 사람이더라도 병실 이동 같은 것은 좀처럼 할 수 있는 일이 아닙니다.

미호가 말을 이었습니다.

"전 아직 고등학생이라 큰 병을 앓은 적이 없어서 여기 와서 처음으로 암 환자들을 직접 볼 수 있었는데, 암에 걸린 사람이 너무 많아서 깜짝 놀랐어요. 입구에서 아주 멋지게 생긴 직장인처럼 보이는 언니가 종종걸음으로 들어와서는 녹색 진찰권을 기계에 넣는 것을 봤을 때는 '세상에, 이렇게 예쁜 사람도 암에 걸렸어?' 하는 생각에 놀랐고, 아주 어린 애들을 데리고 온 젊은 아빠나 엄마들도 생각보다 많더라고요.

제일 놀란 것은 머리가 다 빠진 어린애가 휠체어에 앉아 있는 것을 봤을 때였어요. 아직 초등학교 1~2학년 정도밖에 안 된 어린아이가 이 병원에 있다는 건 상상해본 적도 없으니까요. 암은 나이가 훨씬 많은 아저씨들이나 할머니 같은 사람들만 걸리는 병이라고 잘못 알고 있었어요.

유지도 그런 환자가 될지도 모른다는 생각이 드니까 될 수 있는 대로 스트레스 받지 않고 기분 좋게 병원에서 생활할 수 있었으면 좋겠다는 생각이 들어서……."

그렇게 말하더니 다시 슬픈 표정으로 고개를 숙이고는 입을 다물어버렸습니다.

"그래. 미호 너도 유지를 곁에서 보살펴 주느라고 힘들겠구나. 하지만 말이야, 암이 비록 사망률 1위로 꼽히는 병이지만, 초기 상태이거나, 아니면 진행이 느리거나 한 경우는 그렇게 금방 목숨을 빼앗는 병이 아니라는 사실만은 알아두는 편이 좋을 것 같다. 더구나 유지는 이번에 처음으로 암일 지도 모른다는 진단을 받고 검사 때문에 입원한 거잖아. 아직 암이라고 결정된 것도 아닌데, 뭐."

네에, 하며 고개를 끄덕이는 미호를 보며 미즈호 씨가 말했습니다.

"나 멀쩡해 보이지? 하지만 나도 암 환자야. 10년 전에 유방암 수술을 받았거든."

미국에서 심리학 박사 학위를 받은 후 미국인과 결혼했다가 몇 년 전에 남편과 이혼하고 일본으로 돌아온 미즈호 씨도 사실은 암 환자였습니다. 나보다 암에 대해서 훨씬 더 잘 알고 있고, 상담 경험이 풍부한 사람인데도 우연한 계기로 이 '편지센터 Heaven'에서 내 조수를 하게 되었습니다.

그런 미즈호 씨의 한마디에 미호도 눈이 휘둥그레졌습니다.

"언니, 나도 소아암이야."

학교에서 돌아오는 길에 매일같이 '편지센터 Heaven'으로 놀러오는 초등학생 아이짱이 「도라에몽 영일대역판」을 손에 들고 웃는 얼굴로 씩씩하게 다가오며 말했습니다.

"그렇게 안 보이지? 아이짱은 원래 하와이에서 태어나서 하와이에서 자랐는데 소아암에 걸려서 치료를 받기 위해 어머니랑 같이 일본으로 돌아온 애야.

나 같은 사람은 벌써 10년이 넘은 옛날에 병을 앓았고, 그 후로 재발하지도 않았으니까 평소에는 의식도 하지 않고 살지만 아이짱은 짱짱한 현역 암 환자지. 지금도 항암제니 뭐니 계속 치료를 받고 있거든. 그래도 얘 얼굴을 봐봐. 보통 애들하고 하나도 다르지 않을 정도로 건강하잖아. 몸도, 마음도 다 말이야."

미호는 입을 다물지 못한 채 아이짱을 보더니 흐응 하고 고개를 끄덕이면서도 이렇게 아무렇지도 않게 암 환자들에게서 "나도 암 환자야"라는 말을 들었다는 사실에 좀 당황하고 있는 듯했습니다.

보나마나 지금 미호와 유지는 '암이면 어떡하지? 금방 죽게 되는 것 아닌가?' 하는 '죽음의 공포'와 '끝없는 고민'이라는 늪에서 허우적거리며 불안의 악순환에서 헤어 나오지 못하고 있는 상태일 것입니다.

"커피 한잔 마실래?"

나는 미호에게 따뜻한 우유를 듬뿍 넣은 카페오레 한잔을 내밀었습니다.

미호는 미즈호 씨의 격려와 한잔의 따뜻한 카페오레 덕분에 마음이 많이 안정되었는지 10대 특유의 활기찬 표정으로 서서히 돌아왔습니다.

"갑자기 힘이 막 생기는 것 같아요. 고맙습니다."

밝게 웃으며 그렇게 말하더니 편지 대필 수수료 1천 엔을 내놓았습니다.

"자꾸 묻는 것 같아 미안한데, 이 편지 정말로 그 사람한테 줄 거야?"

나는 그 점이 자꾸만 신경이 쓰입니다.

"좀 더 생각해 보기는 하겠지만……."

미호는 난처한 표정을 지었는데 사실 정말로 곤란한 사람은 바로 나였습니다.

"그걸 보내기 전에 다시 한 번 잘 생각해 보도록 해, 알았지?"

"네. 알았어요."

미호는 양쪽으로 열리게 되어 있는 문 쪽으로 걸어갔습니다.

"아, 미호. 잠깐만. 한 가지만 더 말할게." 하고 미즈호 씨가 불러 세우더니 "기우(杞憂)가 무슨 뜻인지 아니?"

미호는 고개를 가로저었습니다.

"걱정을 해 봐야 아무 소용도 없고, 좋은 일도 없다는 뜻이야. 사람은 오늘 당장 자기한테 무슨 일이 일어날지 모르고 사는 존재잖아. 내일 일은 더더욱 어떻게 될지 모르는 것이고. 그러니까 내일 일을 걱정하면서 살 필요는 없는 거야.

너무 깊이 생각하지 마. 내일 일은 내일 걱정하면 되는 거야. 즐거운 일만 생각하면서 지내도록 노력해 봐."

여기에 편지를 부탁하러 들어왔을 때와는 딴판으로 눈동자를 반짝거리는 미호는 "네!" 하며 기쁜 얼굴로 입구에 있는 식물원을 향해 종종걸음으로 달려 나갔습니다.

1. 봄 햇살

"젠장, 세상 살맛이 안 난다니까."

비쩍 마르고 안경을 껴서 원숭이를 쏙 빼닮은 니노미야 선생님이 언제나 입에 달고 사는 말을 또 내뱉으면서 '편지센터 Heaven'에 들어왔습니다.

"나라고 환자한테 '호스피스센터로 가세요.'라는 말을 하고 싶겠어? 결혼한 지 얼마 되지도 않은 새신랑이나 귀여운 아기를 막 낳은 젊은 부인, 취직자리가 결정되어서 앞날이 창창한 대학생 같은 사람들한테 말이야. 게다가 아직 젖내가 가시지도 않은 어린이이한테까지 칼을 대야 하는 일도 있으니, 원……. 아주 진절머리가 난다니까, 내 참!"

이런 식으로 말은 하고 있어도 2년 전에 '편지센터 Heaven'이 문을 열었을 때부터 단골이었던 니노미야 선생님은 사실 일본에서도 손꼽히는 외과 의사이고, 의학계에서는 '신의 손을 가진 니노미야'라는 소리까지 듣고 있는 명의입니다.

그런 한편으로 환자들에게 절대로 거짓말을 하지 않는 니노미야 선생님은 그 노골적인 말투로도 유명한데, 그런 솔직함 때문에 안심을 하는 사람이 있는가 하면 반대로 암 노이로제나 우울증에 걸려버리는 사람도 있어서 그 점에 대해서는 환자들도 찬반양론으로 갈라집니다.

"배를 열어 보기는 해도 암이 생각보다 많이 퍼져 있으면 그대로 닫아버릴 겁니다."라든지 "이제 손쓸 방도가 없으니까 호스피스센터에 가셔서 나머지 시간은 마음대로 살아 주세요."라든지 하는 말을 마치 치과 의사가 진단하는 것처럼 가볍게 내뱉어버립니다.

"기분도 꿀꿀한데 묵직한 음식이라도 먹으러 갔으면 좋겠구먼, 이래 봬도 내가 당뇨병 환자가 아니겠어. 하루 1800kcal밖에 못 먹게 되어 있으니 오늘도 맛대가리라고는 눈곱만큼도 없는 편의점 웰빙 도시락 신세나 져야지. 아무튼 살맛이 안 나요."

그렇게 말하더니 테이블 위에 탁 하고 도시락을 내려놓았습니다. 명의도 명의 나름대로 여러 가지 고민을 안고 사는 모양입니다.

"선생님, 왜 또 그런 식으로 말씀하세요."

미즈호 씨는 웰빙 도시락을 맛없는 표정으로 먹고 있는 니노미야 선생님에게 UCC 골드 스페셜 커피를 내주며 말했습니다.

"어이구, 이거 고맙네. 커피는 뭐니 뭐니 해도 골드 스페셜이 최고라니까. 지난번에 대학생 딸내미한테 끌려서 스타벅슨가 뭔가 요즘 유행한다는 커피숍에 갔거든. 우리 딸내미는 '맛있네, 좋네' 하면서 마시더만, 원래 내가 가난뱅이 근성이 아니겠어? 350엔이나 하는 커피를 마시려고 하니 아무리 맛있어도 맛있게 느껴져야 말이지. 역시 서민한테는 인스턴트 커피가 제일이야."

선생님은 손님용으로 마련해놓은 소파에 느긋하게 자리 잡고 앉아 만족스러운 표정으로 인스턴트 커피를 들이켰습니다.

"나도 말이야, 애들만 없으면 이런 가운 같은 건 당장에라도 벗어던져 버리고 타히티에나 가서 요트라도 끼고 살 텐데 말이지. 아예 고갱처럼 마누라니 애새끼들이니 다 내버

25

려두고 휑하니 날라버릴까?"

대학에서 470급 요트 선수였던 니노미야 선생님의 꿈은 '언젠가 부부끼리 요트를 타고 남태평양을 여행하는 것'입니다. 하지만 대학생 딸에다 이제 겨우 초등학교 6학년인 아들까지 있어서 지금은 암센터 뒤에 있는 방 3개짜리 의사용 임대아파트에 월세 2만 엔씩 내면서 살고 있습니다.

"일본의 의료 시스템에는 정말 학을 떼겠어요. 최첨단이라고 하는 병원이나 연구소로 갈수록 월급은 더 짜진다니까. 이런 경우가 어디 있어? 그런데도 세상 사람들은 의사라고 하면 다들 부자이고 잘 사는 줄 알잖아. 우리가 얼마나 잔업에 시달리는지 알기나 하냔 말이야. 그런데 바로 이 점에서 미국은 일본이랑 아주 정반대더라고. 그러니까 정말로 유능한 인재는 하나같이 외국으로 빠져나가 버리는 것 아냐. 도무지 인생 살맛이 안 난다니까."

웰빙 도시락을 먹으면서 끊임없이 불평을 늘어놓던 니노미야 선생님은 할 말을 하고 나니 속이 좀 후련해졌는지 30분 정도 있다가 진찰실로 돌아갔습니다.

'Heaven'을 나서는 니노미야 선생님을 눈으로 배웅하더니 미즈호 씨가 이런 말을 꺼냈습니다.

"아무리 그래도 역시 의사들은 부자들이잖아요. 그죠 준이치 씨?"

미즈호 씨조차도 사정을 전혀 이해하지 못하는 모양입니다.

나도 의사지만 3년 계약의 정신과 레지던트에 불과합니다. 당직을 서는 아르바이트를 하는 것도 아니어서 연봉은 기껏해야 330만 엔입니다. 게다가 정신과 의사라는 점을 숨긴 채 암센터 19층에서 편지 대필을 하는 '편지센터 Heaven'을 운영하고 있습니다.

지금부터 2년 전에 정부가 발표한 제3차 암 박멸계획을 실행에 옮기는 과정에서 나의 상사인 하라다 부장선생님이 사형선고를 받은 환자 200명가량의 인터뷰를 모아놓은 「죽는 순간」을 저술한 미국의 엘리자베스 큐블러 로스 박사를 흉내 내어, 신임이던 나에게 병실을 돌아다니며 환자들의 진심이 담긴 말을 들어오라고 명령했던 것이 일의 시초였습니다.

거기에 각 방면으로 인맥이 넓은 내 아내 나쓰코의 조부이신 겐조 씨의 힘까지 보태서 얼떨결에 이 '편지센터 Heaven'이 문을 열게 되었던 것입니다.

환자들의 진심을 듣기 위해 우선 병동에서 약간 떨어진 19층의 개방 공간에 진찰실로 쓰일 YAMAHA 요트를 들여와서 'Heaven'을 열고, 거기서 정신과 의사인 내가 '인격을 느끼게 하지 않고 완벽하게 듣는 자'가 되어 환자들의 편지를 대필하는 것입니다.

　환자들이 가운을 입은 의사들 앞에서는 좀처럼 마음을 열지 않는다는 경험을 토대로 나는 정신과 의사라는 신분을 감추고 오키나와에서 쪽빛으로 물들인 천으로 만들어진 전통 작업복에 일본식 짚신 차림으로 환자들을 접하게 되었습니다.

　처음에는 시행착오를 거듭했지만 얼마 지나지 않아 암을 선고받은 분, 앞으로 얼마 남지 않았다는 사형선고를 받은 분, 자기가 암이 아닐까, 조만간 죽게 되지 않을까 하는 의심으로 똘똘 뭉쳐 있는 분, 그리고 그 가족 분들 등 수많은 사람들이 부담 없이 'Heaven'을 찾아주실 정도가 되었습니다.

　니노미야 선생님의 불평을 듣고 있다 보면 "나 같은 사람은 훨씬 더 가난하단 말이에요." 하고 소리치고 싶을 때도 생기지만 환자들과 마음이 통하는 것을 느낄 때마다 월급 따윈 아무래도 상관이 없다는 생각이 듭니다.

　'편지센터 Heaven'을 시작한 지 2년. 지금까지 접해 온 환자들의 진심 어린 외침을 헛된 것으로 만들지 않기 위해 상담과 편지 대필에 전념하는 나날을 보내고 있습니다.

　다만 매일 창문을 통해 고층 빌딩들이 늘어선 모습을 바라보고 있노라면 우울해지는 기분을 주체하지 못할 때도 생깁니다.

"오랜만에 바다가 보고 싶네."

"준이치 씨, 뭐라고 했나요?"

나도 모르게 혼잣말을 중얼거렸나 봅니다.

그 참에 타이밍이 좋은 건지 나쁜 건지 류큐 대학 의학부 시절의 선배이자 의사인 스기모토 선배한테서 "암센터 같은 철근 콘크리트 덩어리 속에 틀어박혀 있다가는 너도 머릿속이 썩어버린다. 오랜만에 바다에 좀 나와 봐라." 하는 전화가 걸려왔습니다.

여기는 쇼난의 모리토 해안입니다. 요즘 시기에는 보기 드물게 한여름 같은 남서풍이 초속 10미터 이상으로 강하게 불고 있습니다. 덕분에 봄이라고는 생각되지 않을 정도로 따뜻한 날씨입니다.

'스기모토 선배가 매일 환자들의 속마음을 들여다보느라 지친 나를 위해 이런 기회를 마련해 주었구나.' 하고 믿으며 오랜만에 하야마까지 멀리 나온 것입니다.

그런데 진짜 이유는 그게 아니었습니다.

지금 우리는 낚시가게에서 빌린 배를 타고 있습니다. 조종하는 사람은 스기모토 선배입니다. 그리고 갑판에는 메가폰으로 끊임없이 소리를 질러대고 있는 험상궂은 아저씨가 한 사람 타고 있습니다. 인테리어 가게를 운영하는 한편으로 다쿠쇼쿠 대학 요트부를 지도하고 있는 일명 노부 씨, 본명은 이시마루 노부히코 씨입니다.

노부 씨는 다쿠쇼쿠 대학 요트부의 학생들, 특히 2학년과 3학년들한테는 가차 없이 고함을 지르고 있습니다.

"야 이 새끼들아─, 왜 거기서 턴을 하는 거야! 두 정신(艇身)을 기다렸다가 상대방 접근 라인의 바람 부는 쪽으로 나선 다음에 해야지, 멍청한 새끼들! 그 따위로 하니까 지난번 대회 때 메이지 놈들한테 진 것 아냐. 머리통은 폼으로 달고 다니냐, 이 닭대가리들아!"

스기모토 선배는 젊을 때 요트 종목의 올림픽 후보 선수로 선발되었는데, 그때 코치로 있던 일곱살 연상의 노부 씨를 알게 되었습니다. 예전에는 센다이 병원에서 근무하고 있었는데 아무래도 마음껏 요트를 탈 수 있는 바다 근처가 좋다면서 노부 씨가 살고 있는 쇼난의 병원으로 전근해 왔던 것입니다.

그 사실을 안 노부 씨가 쉬는 날만 되면 스기모토 선배를 불러내서 다쿠쇼쿠대학 요트부의 훈련 조수를 시키고 있다고 합니다.

평소에는 기세가 등등한 스기모토 선배도 노부 씨 앞에서는 꿔다놓은 보릿자루처럼 찍소리도 못하고 조용합니다.

"야, 스기모토! 너 제대로 조종하지 않으면 확 바다 속으로 쳐 넣어 버린다!"

"아, 죄, 죄송합니다."

그때서야 나는 스기모토 선배가 왜 나를 쇼난으로 불러냈는지 진짜 이유를 알 수 있었습니다. 스기모토 선배는 노부 씨의 불같은 성질을 조금이라도 다른 사람한테 돌리기 위해 나를 불러낸 것입니다.

"선배, 이거 분위기가 좀 이상한 것 같은데요……."

기죽은 목소리로 슬쩍 선배에게 물어보았더니

"힘들었던 대학 시절을 생각나게 해 주려고 너를 이렇게 불러준 건데, 뭐 불만 있냐?"

말도 안 되는 소리를 하는 사람입니다. 원래 기가 약한 나는 노부 씨처럼 험상궂은 사람은 정말 피하고 싶답니다.

"어이, 거기 햇병아리. 손 놓고 멍청하게 뭐하고 있는 거야? 너도 요트부 출신이라며? 그럼 너도 이놈들한테 해 줄 말이 있을 것 아냐!"

"아, 네, 넷!"

노부 씨 입에서 빗발처럼 쏟아지는 고함소리에 잔뜩 위축되어 있는 학생들에게 더 이상 무슨 말을 하라는 것일까요.

노부 씨에 대해서는 예전에 스기모토 선배를 통해서도, 그리고 니노미야 선생님을 통해서도 들은 적이 있었기 때문에 무서운 사람이라는 사실은 알고 있었지만 직접 얼굴을 보는 것은 이번이 처음이었습니다. 처음 만나는 사람한테 느닷없이 '햇병아리'라니 황당하다는 생각이 들었지만 아무 말도 하지 못했습니다.

학생들은 노부 씨의 질타에 겁을 먹고는 요트를 제대로 다루지도 못한 채 쩔쩔매고 있습니다. 이런 강풍 속에 파도까지 높아서 벌써 1학년들은 바람에 밀려 즈시(逗子) 만 쪽으로 조금씩 떠내려가기 시작했습니다.

노부 씨는 스기모토 선배가 조종하는 배로 떠내려간 신입생들을 구조한 다음 다시 스타트 라인까지 거슬러 올라갔습니다.

"야 이놈들아. 하야마(葉山) 요트 클럽의 OP반 애들을 한 번이라도 본 적이 있냐? 그 애들은 초등학교 꼬맹이들이야. 이런 바람이 불어도 기껏해야 욕조 정도밖에 안 되는 쬐-끄만 요트를 죽을힘을 다해 타고 있더라. 그런데 네놈들은 뭐야? 대학생씩이나 되어가지고 이 정도밖에 못해? 쪽팔리지도 않냐? 이놈들 군기가 다 빠졌어!"

470급 요트 위에서 1학년들이 풀이 죽어 고개를 숙이고 있습니다.

"노부 씨, 잠깐만요."

스기모토 선배가 하늘을 올려다보면서 진지하게 말을 걸었습니다.

"오늘 날씨 좀 이상하지 않아요? 남서쪽으로 이렇게 강한 바람이 부는 건 요맘때 본 적이 거의 없는데요."

에노시마를 넘어 아득히 먼 하늘에는 우중충하게 기분 나쁜 암운이 아침부터 꿈쩍도 않고 버티고 있었습니다. 그쪽에서 바람이 불어오는 것인지, 아니면 그쪽으로 불어가는 것인지 노부 씨도 가만히 바람이 불어오는 방향을 노려보면서 생각하고 있는 듯합니다.

"너도 그렇게 생각하냐? 나도 쇼난에서 태어나 쇼난에서 자란 놈이다. 이 근처 바다나 바람에 대해서는 누구보다도 잘 알고 있다고 자부하는 사람이지. 그런데 오늘은 바람도 그렇고 파도도 그렇고 뭔가 좀 이상하다고 생각하고 있던 참이다. 한겨울의 서풍에 비한다면야 따뜻한 여름 바람은 반가운 셈이지만 그래도 이건 예삿일이 아니지. 분명히 이상해. 불길하다고나 할까……."

"그렇죠? 노부 씨도 그렇게 생각하시죠?"

"오늘은 일찌감치 철수해야겠군."

"그렇게 하죠. 이런 날에 무리를 하다가 소중한 부원들이

다치기라도 했다가는 큰일이니까요."

"그럼 숙소로 돌아가서 설교나 한바탕 해야겠구먼."

노부 씨의 설교는 한번 시작하면 몇 시간씩 끝도 없이 계속된다고 합니다. 그걸 듣고 있는 것이 훈련보다도 힘들다고 했던 스기모토 선배의 말이 생각났습니다.

"자─아, 마크 올린다. 철수다, 철수!"

노부 씨는 덩치 큰 사람의 키만큼이나 되는 노란 마크의 밑동을 잡고 온 힘을 다해서 앵커 로프를 잡아끌었습니다.

그런데 보통 때 같으면 술술 끌려왔을 법한 앵커 로프를 도저히 잡아당기지 못하고 있었습니다. 팔에 힘이 전혀 들어가지 않는 모양입니다.

노부 씨가 필사적으로 로프랑 씨름하고 있는 모습을 본 스기모토 선배가 "노부 씨도 이제 다 된 모양이야. 저런 것도 끌어올리지 못하는 걸 보니." 하고 내 귓가에 속삭였습니다.

"시끄럽다, 스기모토! 네 놈 하는 소리 다 들린다! 요즘 들어 계속 몸에 열이 나고, 오늘 아침은 유난히 설사도 잦고 치질도 심해져서 아랫배에 힘이 들어가지 않아서 그런 거다. 그러니까 입 다물고 가만히 있어!"

나랑 스기모토 선배는 순간적으로 움찔하면서 자기도 모르는 사이에 노부 씨를 향해 차렷 자세를 취했습니다.

"그런데 노부 씨. 또 한 가지 영 마음에 걸리는 점이 있는
데요. 요즘 안색이 영 말이 아니거든요. 병원에 한 번 가보
는 편이 좋을 것 같은데. 생전 감기 한번 걸린 적이 없는 노
부 씨가 계속 열이 난다는 것은 어디가 이상하다는 것이잖
아요. 전에 위암에 걸린 적도 있고……."

스기모토 선배는 안색이 나쁜 노부 씨에게 그렇게 말했습
니다.

"재수 없는 소리하고 자빠졌네. 의사라는 놈이 남의 속 뒤
집는 소리나 함부로 지껄이고 다니면 뭘 어쩌자는 거야?"
하고 기세등등하게 반격은 했지만 자기 힘으로 마크를 끌어
올릴 수 없었던 것은 오랜 요트 인생에서 처음 있는 일이었
는지 상당히 충격을 받은 모양이었습니다.

"친구이신 니노미야 선생님께 진찰 한 번 받아 보는 게 어
떻겠어요?"

스기모토 선배는 끈질기게 진찰을 권하면서 노부 씨를 대
신해서 거뜬히 앵커를 끌어올렸습니다.

"어, 고마워……." 하고 노부 씨가 얼떨결에 말했습니다.

"네? 뭐라고요?"

"아무것도 아냐! 빨리빨리 항구로 돌리기나 해!"

이때 노부 씨의 머릿속에는 자신의 인생을 송두리째 바꿔

버린 어떤 사건이 떠올랐던 모양입니다.

1982년, 인도 뉴델리에서 실시된 아시안게임. 노부 씨는 요트 종목 일본 대표 선수로 출전했습니다.

선수 번호는 'JPN3'. 이것은 일본 대표 선수들 중 세 번째, 다시 말해 일본 선수들 중에서는 꼴찌로 출전했다는 뜻입니다. 게다가 노부 씨는 대회 전날 인도 선수들의 배에 추돌을 당한 충격으로 오른쪽 어깨가 탈구(脫臼)해서 오른손을 전혀 쓸 수 없는 상태였습니다.

아무도 노부 씨에게 기대하는 사람이 없었고, 출전해도 중도 탈락을 면치 못할 것이라 여겨지는 상황이었습니다.

그러나 대다수의 예상을 뒤엎고 노부 씨는 끈질긴 경주를 전개했습니다. 최종일 전날 시점에서 3위, 최종일에 1등으로 들어오면 역전해서 우승을 할 수도 있는 경주를 한쪽 팔만 가지고 전개해 나갔던 것입니다.

일본의 꼴찌 선수, 더구나 한쪽 팔밖에 쓰지 못하는 요트 선수가 지금 메달 권에 임박해 있다는 드라마와도 같은 눈부신 활약을 매스컴이 가만히 둘 리가 없었습니다. TV와 신문이 모조리 달려들어서 노부 씨의 활약을 대대적으로 보도하였고, 덕분에 일본 전국의 시청자들이 요트 경기 마지막 날에 주목하게 되었습니다.

그 당시까지 그다지 요트에 흥미를 가지고 있지 않았던 나까지도 TV 앞에서 꼼짝하지 않고 붙어 앉아 노부 씨의 멋진 모습을 보았던 것이 생각납니다.

만약 마지막 경주에서 노부 씨가 잘 다루는 미풍이 불어 주기만 한다면……. 미풍이 불면 팔에 심한 부담을 주지 않아도 되고, 그러면 아무리 못해도 지금의 3위는 지킬 수 있게 됩니다.

이시마루 노부히코를 전부터 알고 있던 사람들은 물론이고 그날 처음으로 그 이름을 들은 사람들까지 모두가 마음을 한데 모아 미풍이 불어 주기를 기도하면서 시합을 지켜보았습니다.

그리고 마지막 날, 하늘은 노부 씨를 도왔습니다. 상쾌할 정도의 미풍이 부는 가운데 노부 씨는 자유롭게 쓸 수 있는 왼쪽 팔은 물론 입까지 동원해 시트와 키를 조종하여 대역전을 이루어 냈습니다. 그리하여 훌륭하게 기적의 금메달을 목에 걸 수 있었던 것입니다.

노부 씨는 시합 후에 인터뷰에 응했습니다.

"어떻게 한쪽 어깨를 전혀 쓸 수 없는 최악의 상황을 무릅쓰고 이렇게 힘든 시합에서 우승할 수 있었다고 생각하십니까?"

"어이구 아파라. 얼마나 아팠는지, 원. 젠장, 이놈의 인도

라는 나라에는 제대로 된 진통제 하나 없다니까."

"어째서 기권하지 않으셨나요?"

"기권? 아니, 제대로 된 사내자식이라면 쪽팔려서 어떻게 기권을 하나?"

"네? 쪽팔려요?"

"이보쇼. 하와이에 카우아이 섬이라는 데가 있는데, 거기에 장래 파도 타기 세계 챔피언이 되리라고 모두가 기대하던 서퍼 천재가 있었거든. 중학생 여자애였지. 헌데 그만 연습하다가 상어가 오른팔을 물어뜯어가는 바람에 프로 서퍼가 되겠다는 꿈이 산산조각이 나 버렸지. 그 애로서는 하늘이 무너지는 충격이었을 거야. 젊은 여자애가 오른쪽 어깨 밑으로는 하나도 남지 않고 상어한테 물어뜯겼으니 말이야. 그런데 이 여자애가 얼마 후에 잡지 인터뷰에서 굉장한 말을 했더라고. 뭐라고 했을 것 같아?"

"글쎄요……. 저는 통 모르겠는데요."

"하기야, 당신 같은 사람이 알 턱이 없지. 그 애가 말이야 '이건 하늘이 나한테 필요하기 때문에 주신 거다. 그러니까 난 한쪽 팔이 없어도 있는 힘을 다해 보드를 저어서 서핑을 계속하겠다'고 하더라고. '세계 챔피언이 되지 못해도 상관없다, 그래도 난 서핑을 하겠다'고 말이야."

"네에……"

"아직도 모르겠어? 둔하기는. 있잖아, 중학생밖에 안 된 여자애가 그런 말을 하는 판인데 어째서 나이 서른을 앞둔 내가 기껏해야 어깨 탈구 정도로 시합을 포기해야 하느냐는 뜻이야. 그래서 어디 사내자식이라고 할 수 있겠어? 오른손을 못 쓰면 왼손을 쓰면 되고, 두 다리를 써도 되고, 하다못해 입이라도 쓰면 될 것 아냐? 사람은 꼭 해야겠다! 고 마음만 먹으면 무엇이든 할 수 있는 거야. 뭐, 금메달까지 받은 건 어쩌다 운이 좋아서 그런 거지만."

노부 씨는 그런 말을 남기고 인터뷰하던 기자의 어깨를 툭툭 두드려 주고는 사라져 버렸습니다.

나는 그 중학생 서퍼라는 여자애와 기권하지 않았던 노부 씨에게 감동을 받은 한편 어떻게 사람이 이 정도로 강한 정신력을 가질 수 있는지 너무도 신기했습니다.

'이시마루 노부히코, 일본 요트계가 올린 최초의 쾌거! 아시안게임 금메달'

이튿날, 스포츠신문뿐만 아니라 전국 일간지까지도 노부 씨에 대한 기사를 대대적으로 실었습니다. 한쪽 팔만 가지고 싸워서 아시안게임에서 일본 선수로서는 처음으로 금메달을 획득한 사람. 일본 전국민이 노부 씨의 금의환향을 주목하고 있었습니다.

이때가 노부 씨가 현역 선수로서 일본 요트계의 기대를 한 몸에 받았던 절정기였습니다. 모두들 다음 올림픽에서 일본 요트 선수로서는 처음으로 메달을 따 주리라는 기대를 노부 씨에게 걸고 있었습니다.

그 다음 이야기는 노부 씨의 친구인 니노미야 선생님에게 들었는데, 노부 씨는 다음에는 올림픽에서 메달을 손에 쥐겠다는 포부를 가슴에 품고 해 뜨기 전부터 해 지고 난 다음까지 바다에서 바람을 상대로 싸우며 연습했다고 합니다.

언제까지 계속될지 모르는 승부의 괴로움, 이번 시합에 이겼어도 다음에는 질지 모른다는 불안과 공포를 고된 연습 속에서 날려버리기 위해 바다로 향했고, 그래서 힘들었지만 알찬 나날을 보내고 있었던 것입니다.

그러나 비극은 여름날의 소나기처럼 갑작스럽게 닥쳤습니다. 자신의 전부였던 장래가 산산이 부서져버린 사건. 지금까지도 떠올리고 싶지 않을 정도로 끔찍했던 현실이었습니다.

노부 씨가 병에 걸린 것입니다. 병명은 위암. 그야말로 청천벽력과도 같은 사건이었습니다.

다행히 니노미야 선생님이 집도한 수술로 위를 전부 들어낸 덕분에 목숨만은 부지할 수 있었지만 현역으로 복귀할 수 있는 체력은 두 번 다시 갖지 못하게 되었습니다.

'금메달리스트 노부'에 대한 기대는 바다 위를 불어간 바람처럼 눈 깜짝할 사이에 모든 사람들의 머릿속에서 사라져 버렸습니다.

노부 씨는 이때 투병생활이 얼마나 힘든지, 그리고 세상 사람들이 얼마나 냉정한지를 뼈저리게 느꼈다고 합니다.

노부 씨는 항구로 향하는 배 안에서 에노시마 쪽에 아직까지도 도사리고 있는 구름, 지금까지 본 적이 없을 정도로 으스스한 암운을 쳐다보면서 그런 과거를 회상하고 있었다고 합니다.

3주 후.

나는 평소대로 자전거를 타고 가치도키바시를 지나 쓰키지(築地) 시장 바깥의 가이코바시(海幸橋) 입구 옆에 있는 나미요케 신사에 들렀습니다.

우선 신사 문 앞에서 묵념을 30초 동안 하면서 경내에 들어가기 전에 마음을 가다듬습니다. 쓰키지 시장 사람들에게서 배운 법도입니다. 쓰키지에서 장사하고 있는 사람들 대부분은 장사의 번창과 가내 안녕을 기원하며 일이 시작되는 새벽과 일이 끝난 오후에 나미요케 신사를 찾아옵니다.

이곳은 나에게 생명의 은인과도 같은 신사입니다.

원래 미용사였던 나는 지금의 아내 나쓰코에게 첫눈에 반했는데, 나쓰코의 아버지인 다이조 씨로부터 "미용사 벌이로 어떻게 나쓰코를 행복하게 해 줄 수 있겠느냐"는 꾸지람을 듣고 의사가 된다는 조건으로 결혼을 허락받았습니다. 그 뒤부터 처갓집에 머물면서 아침부터 밤까지 의대를 가기 위해 공부만 하는 나날이 시작되었습니다. 장인인 다이조 씨로부터는 허구한 날 악의에 찬 압박을 받으면서 공부해야 했던 나는 기어이 우울증에 걸리고 말았습니다.

그런 나를 구해 준 것이 이 나미요케 신사의 부적과 경내에 걸려 있는 문구들이었습니다.

대학을 오키나와로 갔다가 졸업 후 센다이에 부임한 다음이 암센터로 돌아오고 난 이후로는 매일 아침 나미요케 신사에 참배하러 옵니다. 요즘에는 갑작스레 암이라는 무거운 십자가를 지게 된 환자들과 그 가족들의 이름을 수첩에 적어놓고, 힘들고 괴로워도 희망을 잃지 않고 평안한 매일을 지낼 수 있게 해 달라고 한 사람씩 기도해 주고 있습니다.

자기만족일지도 모르지만 다른 사람을 위해 기도하고 있으면 내 마음이 고요해져서, 전 같으면 정신없이 바쁘게 시작되던 하루의 아침을 마치 남태평양의 잔잔한 바다처럼 참으로 평온하게 시작할 수 있게 되었습니다.

경내에 걸려 있는 이번 주의 문구는 다음과 같은 글이었습니다.

'우리는 행복을 신에게서 받으므로 화(禍) 또한 받아야 한다.'

(그러고 보니까 오늘은 노부 씨가 진찰을 받는 날이네.)

나는 문득 그 생각이 나서, 또 한바탕 그 고함소리를 듣는 것이 아닌가 하고 두려워하면서도 노부 씨의 몸에 아무런 문제가 없기를 빌었습니다.

노부 씨는 부인인 유코 씨를 동반하고 20년 전에도 한참 신세를 졌던 국립암센터 중앙병원으로 찾아왔습니다.

활기 넘치는 쓰키지 시장 앞에 우뚝 선 두 개의 빌딩. 예전에 노부 씨가 입원했을 당시에는 아직 옛날 건물이었다고 합니다. 그래서 외관이나 인테리어가 모두 완전히 바뀌어버린 암센터의 모습에 약간 놀라는 모습이었습니다.

나는 스기모토 선배의 부탁을 받아 1층 로비까지 노부 씨와 유코 부인을 마중 나가 단기입원 병동인 13층으로 안내해 주었습니다.

13층에 도착하자 간호부장님과 간호사들이 노부 씨를 보더니 웃는 얼굴로 맞이해 주었습니다.

"노부 씨-, 어서 와요!"

간호학교를 졸업한 이후 지금까지 줄곧 이 암센터에서만 일해 온 간호부장님이 웃는 얼굴로 달려와 반갑게 인사했습니다. 암 환자 입장에서는 명랑하게 맞아주는 편이 기분이 훨씬 좋다고 합니다. 공연히 걱정해 주거나 눈치를 살피거나 하면 오히려 마음이 자꾸만 가라앉기 때문입니다.

" '어서 와요' 가 뭐야? 아직 암인지 아닌지도 모르는데."

노부 씨도 쑥스러운 표정으로 대답했습니다.

"검사 때문이건 뭐건 오랜만에 돌아왔으니 '어서 와요' 가 맞지요. 니노미야 선생님이 기다리고 계시니까 이쪽으로 오세요."

노부 씨는 간호부장님을 따라 진찰실 안으로 들어갔습니다.

문을 열자마자 노부 씨는 큰 소리로

"어이구, 니노미야 대의사선생님, 잘 있었는가?"

"뭐야, 느닷없이 '대의사선생님' 은 어디서 나온 소리야?"

"이렇게 으리으리한 병원의 의사면 당연히 '대의사선생님' 이라고 불러야 하는 것 아닌가? 그나저나, 꼬락서니는 여전하구먼."

" '대의사선생님' 이라고 부를 거면 좀 더 고분고분한 태도를 보여야 되는 것 아냐?"

"아무렴, 그렇고 말고. 여기서는 니노미야 네 명령에 따를 수밖에 없으니까. 하지만 똑똑히 알아 둬. 일단 바다로 나가는 날에는 내가 너보다 한 수 위라는 사실 말이야."

서로가 바다 위에서 마음이 통한 사이입니다. 무슨 말이든 주고받을 수 있는 남자의 우정을 눈앞에서 본 간호부장님의 마음도 어딘지 상쾌한 느낌이 들었던 모양입니다.

"그나저나 노부 씨. 스기모토한테 어느 정도 얘기를 듣기는 했는데 컨디션은 좀 어때?"

니노미야 선생님은 여전히 얼굴에 웃음을 띤 채 물었습니다. 그런데 의자에 앉은 노부 씨 옆에 서 있던 유코 부인의 표정이 그 말에 갑자기 딱딱하게 굳어졌습니다.

"그게 말이야, 몇 주 전부터 계속 미열이 없어지지 않네. 게다가 오전 중에 한바탕 일을 하고 나면 그 뒤로는 몸이 축 가라앉아서 영 몸뚱어리가 마음대로 움직여주지 않는단 말이야. 마누라도 계속 안색이 나쁘다고 그러고. 거기다 설사도 하고 치질도 심해졌어. 변에도 피가 섞여 나오는지 거무죽죽한 게 아무래도 치질도 바깥쪽이 아니라 안쪽에 문제가 생긴 모양이야. 이 모양 이 꼴이니 팔다리에 힘이 들어가야 말이지. 일전에는 배의 닻줄도 끌어올리지 못해서 내가 아주 쪽팔려서 죽는 줄 알았다니까.

그랬더니 스기모토 그 자식이 암이 또 생겼을 수도 있으니까 한번 니노미야한테 진찰을 받아보라며 아주 재수 없는 소리를 지껄이더라고. 무슨 쓰잘데기 없는 짓거린가 싶기도 했지만 마누라도 아들도 하나같이 가 보라고 성화를 하는 통에 할 수 없이 쇼난에서 여기까지 식전부터 부랴부랴 왔다는 말씀이지."

니노미야 선생님을 전적으로 신뢰하고 있는지 배 위에서 자신의 몸 상태를 설명하던 때와는 말투부터가 전혀 달랐습니다. 솔직담백하게 최근의 일들을 있는 그대로 털어놓는 것 같았습니다.

그런 노부 씨의 믿음에 호응하듯이 니노미야 선생님도 분명하게 말했습니다.

"으음, 그렇군. 내가 봐도 안색이 영 안 좋고, 미열이 계속되면서 몸이 늘어진다고 하면 간에 무슨 문제가 있거나, 아니면 그 설사니 치질이니 하는 증세를 보면 대장암의 가능성도 있네. 아무래도 제대로 검사해 보는 편이 좋겠어. 당장 검사 입원 수속을 해놓을 테니까 부인도 준비해 주세요."

유코 부인은 낙담해서 힘없이 어깨를 떨구었습니다. 기가 센 노부 씨도 명의로 소문난 니노미야 선생님에게 '암일 가능성이 있다'는 소리를 직접 듣더니 약간 심각한 표정을 지었지만 그와 동시에 '니노미야한테 맡겨두면 알아서 잘해줄 거다'라는 안도감도 생기는 모양이었습니다.

노부 씨는 아무 말도 하지 않았지만 상심한 부인을 격려해 주려는 듯 의지에 찬 눈빛으로 부인을 바라보고는 고개를 끄덕여 주었습니다.

그날 저녁, 니노미야 선생님이 처음 보는 남자 한 사람을 데리고 'Heaven'으로 들어왔습니다.

"준이치, 준이치, 안에 있나?"

양복을 차려입고 안경을 낀 그 남자분은 얼핏 보기에도 아주 성실해 보이는 50대 후반 정도의 신사였습니다.

"이분, 여기 맡길 테니까 알아서 잘해 줘."

니노미야 선생님은 그 남자분의 등을 툭 치더니 그대로 나가버렸습니다.

니노미야 선생님은 여기가 도대체 무엇을 하는 곳이라고 생각하는 것일까요? 자기 환자면 끝까지 책임지고 대처를 해 주는 것이 당연한 의무 아닐까요.

"저, 저어, 여기는 뭘 하는 뎁니까?"

그 남자분은 신기해하는 표정으로 주변을 돌아보면서 물었습니다. 그러자 미즈호 씨가 말했습니다.

"여기는 '편지센터 Heaven'이라고, 환자 분들을 대신해서 편지를 써 주는 곳이에요."

"아, 네에……" 하며 남자 분은 눈이 휘둥그레졌습니다.

"전 노노우에 준이치라고 합니다. 여기 책임자, 라고 하면 좀 거창하게 들리시겠지만 아무튼 여기 찾아오시는 환자 분들이나 가족 분들의 이야기를 매일 듣고 편지를 써드리고 있습니다. 저어…… 실례지만 성함이 어떻게 되시는지?"

"사토 아키오라고 합니다. 은행에서 일하고 있는데, 오늘 여기 온 환자 한 분의 일 때문에 니노미야 선생님께 의논을 드리고 싶어서 찾아왔습니다."

"아, 환자가 아니셨군요. 전 또 니노미야 선생님하고 같이 들어오셔서……. 그렇습니까? 그래서 니노미야 선생님과는 말씀을 나누셨나요?"

"그게, 제가 말씀드리는 도중에 갑자기 '19층으로 갑시다.' 하시면서 여기 데리고 오시는 바람에……."

남자분은 주저주저하면서 대답했습니다.

"니노미야 선생님께 어떤 말씀을 하셨는데요?"

미즈호 씨가 물었습니다.

"아니, 저어……. 제 은인의 목숨을 꼭 구해 주십사 하고 부탁을 드렸습니다. 하긴, 은인이라고는 해도 저 혼자만 그렇게 생각하고 있을 뿐이지만요."

그랬구나. 그런 일 같으면 니노미야 선생님과 의논해 봐야 소용이 없는 일일지도 모릅니다. 왜냐하면 니노미야 선생님은 외과 쪽의 명의이긴 하지만 생명의 영역에 관해서는 자기 힘으로 도저히 어찌할 수 없다고 생각하는 부분이 있으니까요.

"참고로, 그 은인이라는 분의 성함이……?"

"이시마루 노부히코 씨라고 하는데 옛날에 아시안게임에서 금메달을 딴 분이지요."

나는 깜짝 놀람과 동시에 자세한 이야기가 듣고 싶어졌습니다.

"앗, 노부 씨 말씀이시군요. 저도 잘 알고 있습니다."

"그러셨군요."

"네. 바다에서 같이 배를 타는 동료이기도 해서, 아까 진단을 받으실 때도 옆에 있었습니다. 혹시 괜찮으시다면 어떤 이야기인지 저도 좀 들을 수 있을까요?"

나는 다소 뻔뻔스럽게 사토 씨에게 졸랐습니다.

"이야기가 좀 길어질지도 모르지만……."

사토 씨는 망설이면서도 조금씩 입을 열기 시작했습니다.

"저는 와세다 대학 재학 시절 축구부였는데, 당시에는 그래도 스포츠 신문에 이름이 나온 적이 있는 선수였습니다.

졸업 후에는 요코하마 중앙은행에 입사해서 축구로 단련한 체력을 무기 삼아 순조로운 회사생활을 해 나가고 있었지요.

가나가와 현 안에서만 근무하게 해 준다는 약속을 받고 입사했기 때문에 결혼 후에는 바다가 보이는 치가사키에 집을 장만했고, 애들도 태어났습니다."

그러고 보니 차림새며 분위기며 정말 출세한 은행원이라는 느낌이 들었습니다. 전통 작업복에 짚신 차림의 나 자신이 부끄럽게 느껴졌습니다.

"마침 바다에 가까운 곳이다 보니 저희 부부는 수상 스포츠를 시작해야겠다고 마음먹고 주말마다 바다로 나가서 서핑이나 윈드서핑, 때로는 수상제트도 타곤 했습니다. 아이들도 금세 바다에서 노는 것을 좋아하게 되었고요."

"그 근처라면 수상 스포츠는 얼마든지 할 수 있으니까요. 정말 부럽네요."

나는 니노미야 선생님이나 스기모토 씨 이외의 누군가랑 바다에 대한 이야기를 하는 것이 너무 오랜만이어서 괜스레 기분이 좋아져서 맞장구를 치는 대신에 내 의견을 말해버렸습니다.

"그런데 한 20여 년 전에 제가 갑자기 바다에서 정신을 잃었던 적이 있었습니다. 롱보드로 파도를 타려고 필사적으로 발버둥을 치고 있었는데 머리를 어디에 부딪친 것도 아닌데 갑자기 눈앞이 캄캄해져버린 것이지요.

다행히 고등학생이었던 아들이 곧바로 알아차리고는 보드 위에 싣고 해안가로 옮겨 주었는데 그때 제 심장이 멈춰 선 상태였습니다.

해안경비대의 심장 마사지와 인공호흡으로 겨우 숨을 돌이키고 심장도 움직이기 시작했지만 구급차로 이송된 병원에서 심실세동에 의한 뇌경색이라는 진단을 받았고 의식불명의 중태에 빠졌습니다.

아내는 병원에 계속 붙어 있으면서 제 회복을 위해 간절히 기도하고 있었다고 합니다. 피땀을 흘릴 정도로 말입니다. 그 덕분인지 닷새 후에 기적적으로 의식이 돌아왔습니다.

아내는 자기 기도를 들어준 것이라며 진심으로 신에게 감사를 드렸습니다.

하지만 병하고의 진짜 싸움은 그때가 시작이었을 뿐입니다. 닷새 동안이나 뇌가 움직이지 않은 상태였기 때문에 제 오른쪽 반신에 무거운 후유증이 남게 되었습니다."

나는 아까 사토 씨에게 부럽다고 한 말이 실수였음을 깨달았습니다. 미즈호 씨도 나를 향해 차가운 시선을 던졌습니다.

사토 씨는 아무것도 눈치 채지 못한 듯 이야기를 계속했습니다.

"그 후로 재활을 위해 병원을 옮겼는데 밤만 되면 많은 남자 환자들이 '죽고 싶어, 죽고 싶어' 하며 고래고래 소리치기도 하고, 여기저기서 흐느끼는 소리가 들리는 곳에 있게 되었지요. 그런 환경 속에서 몇 달 동안 있다 보니 축구 선수를 하면서 다졌던 정신력과 체력도 다 소용이 없게 되더군요.

이제 다시는 축구를 할 수 없다. 그리고 푹 빠질 정도로 좋아하게 된 수상 스포츠도 할 수 없다. 어째서 겨우 30대 후반밖에 안 된 내가 이런 꼴을 당해야 한단 말인가…….

저는 절망의 구렁텅이에 빠져버렸습니다.

의사선생님은 '당신의 후유증은 다른 환자들에 비하면 아주 가벼운 편이다'라든지 '당신은 아직 30대의 젊은 사람이다. 이 정도의 마비는 재활에 열심히 힘쓰기만 하면 전하고 똑같은 정도까지는 아니더라도 새로운 근력, 새로운 뇌의 전달계통을 만들 수 있는 가능성이 얼마든지 있다'든지 '포기하지 말고, 그렇다고 너무 서둘지도 말고 꾸준히 재활운동을 해 주세요. 지금이 중요한 때입니다'라는 말을 해 주었지만 그 당시의 저한테 그런 말들은 아무런 의미도 없었습니다.

친구, 선배, 후배 할 것 없이 모두 하나같이 입을 모아 '힘내라, 열심히 해라'고 말은 해 주었지만 무슨 운동 연습을 하는 것처럼 열심히 한다고 해서 당장 성과가 눈에 보일 정도로 쉬운 일이 아니었습니다. '건강한 너희들이 내 힘든 심정을 어떻게 알 수 있겠어⋯⋯.'

저는 재활치료를 하고 싶은 의욕을 완전히 잃어버렸습니다."

진짜로 이해가 가는 대목입니다. 이곳에도 그런 환자 분들이 많이 찾아옵니다. 나는 고개를 크게 끄덕였습니다.

"바로 그럴 무렵에 고등학생이었던 아들이 혼자서 불쑥 재활센터 안에 있는 병실로 저를 찾아왔습니다. 그 전까지는 거의 얼굴을 보인 적도 없었고, 더구나 혼자 찾아온 것은 그때가 처음이었습니다.

아들은 '아버지, 이거'하더니 사진이 실린 신문 스크랩 다발을 툭 하고 거칠게 침대 위에 던져 주었습니다.

거기에는 요트를 타고 세계의 으뜸가는 선수들과 경주해서 승리한 한 사람의 일본인에 대한 기사가 실려 있었지요."

"그럼, 그 사람이⋯⋯."

나는 또다시 실수로 말참견을 하고야 말았습니다.

"맞습니다. 노부 씨였어요. 거의 우울증 상태여서 글자를 읽고 싶은 마음은 전혀 없었지만 그래도 아들이 일부러 혼자 병원까지 찾아와서 놓고 간 것이라 할 수 없이 억지로 기사를 읽었습니다.

그 기사에는 아시안게임에서 활약한 노부 씨에 대한 이야기가 실려 있었습니다. 쓸 수 있는 팔이 한쪽밖에 없었는데도 끝까지 포기하지 않고 경주를 계속해서 끝내는 금메달까지 따게 된 노부 씨.

'아버지, 노부 씨는 해냈어. 이제는 아버지 차례 아니야? 언제까지 그러고 축 처져 있을 건데?' 하고 아들은 쑥스러운지 퉁명스럽게 그런 말을 내뱉더니 부끄러운 듯이 어색한 표정으로 병실에서 나가버렸습니다. 저는 아들의 성장과 마음 씀씀이에 감명을 받아 단숨에 기분이 밝아졌지요.

얼마 후에 노부 씨의 용감한 모습을 비디오로 봤는데 그때 받은 충격은 그야말로 말로 다할 수 없을 정도였습니다. 그 사람을 보고 있기만 해도 어디선가 힘이 솟아나는 것 같았어요. 불수가 되어버린 오른쪽 반신에까지 힘이 생겨난 것 같은 착각이 들 정도였습니다.

저는 곧바로 노부 씨의 팬이 되어버렸습니다. 그 뒤로 노부 씨가 위암에 걸렸다는 소식을 듣고는 알지도 못하면서 제 마음대로 노부 씨를 격려하려고 암 환자의 유명한 투병기를 익명으로 노부 씨 집에 보내기도 했지요.

그 뒤로 저는 재활운동을 다시 시작해서 축구부 시절의 연습이 떠오를 정도로 힘든 훈련을 견뎌내고 몇 달 후에는 거의 원상태로 돌아온 오른쪽 반신과 함께 직장으로 돌아갈 수 있었습니다.

만약 그때 그 신문기사를 읽지 않았다면, 노부 씨가 금메달을 따지 못했다면 지금의 저는 있을 수 없었을 것이라고 마음속으로 계속 감사하며 지내 왔습니다."

사토 씨는 눈시울을 붉히면서 이야기했습니다.

"노부 씨가 사토 씨의 은인이라는 사실은 잘 알겠습니다. 그런데 어떻게 노부 씨가 오늘 암센터에 오신다는 것을 알 수 있었지요?"

나는 소박한 질문을 던졌습니다. 아시안게임에서 활약한 노부 씨의 모습을 보고 감동한 사람들은 무수히 많습니다. 나도 그중의 하나이고요. 게다가 사토 씨의 이야기를 들어 보면 한 사람의 팬으로 노부 씨를 신문이나 TV에서 보았을 뿐이지 개인적인 안면이 있는 사이 같지는 않았습니다. 어째서 일부러 암센터까지 찾아올 필요가 있었던 것일까요? 요즘 같은 시대에 그렇게 하다가는 스토커라는 소리를 들어도 할 말이 없을 텐데 말입니다.

"사실은 얼마 전에 제가 일하는 은행에 노부 씨가 찾아왔습니다."

"예에…… 은행 계좌라도 만들려고 간 겁니까?"

"아니, 그게 아니라…… 주택융자금 신청을 하더군요."

"주택융자요?"

"네. 갑자기 노부 씨가 찾아와서 주택융자금을 빌릴 수 없느냐고 묻더라고요. 보아하니 원래 계좌를 가지고 있던 은행에서는 거절을 당한 모양이었습니다. 여러 군데 은행을 찾아다니다가 저희 요코하마 중앙은행 본점까지 오게 된 것 같았습니다.

저는 부하 직원이 부탁해서 노부 씨를 상대하게 되었습니다.

그때는 솔직히 굉장히 놀랐습니다. 제가 동경하는 노부 씨가 눈앞에 있다는 사실 자체도 그렇지만 너무도 눈에 띄게 비쩍 마르고 안색이 나쁜 노부 씨의 모습에 충격을 받았거든요.

처음에는 현역에서 은퇴한 지도 벌써 몇 십 년이나 되었으니 근력이 많이 떨어진 모양이구나 하고 생각했지만 아무리 그래도 심상치 않을 정도로 안 좋은 모습은 남들이 보아도 단번에 알아차릴 정도였습니다.

노부 씨는 자기가 예전에 위암에 걸렸었는데 지금은 다나아서 건강하다는 사실, 그 뒤로는 인테리어 가게를 해서 다달이 수입도 꽤 된다는 것을 열심히 설명했습니다.

하지만 저는 노부 씨에게 '요즘 몸 상태는 어떠십니까?' 하고 솔직하게 물어보았지요.

노부 씨는 거의 바보 같을 정도로 솔직한 사람입니다.

사실은 몇 주 전부터 묘한 미열과 권태감이 계속 느껴진다는 것, 대변에 소량이기는 하지만 피가 섞여 나오게 되었다는 것, 치질 같아 보이기도 하지만 아무래도 그런 것 같지 않은 느낌이 든다는 것, 그래서 기회를 봐서 다시 암센터에 가서 검사를 받아볼 생각이라는 것 등을 털어놓기 시작했습니다.

그리고 만약 암이 전이된 것이라면 이제는 가족에게 자기가 해 줄 수 있는 일이 아무것도 없어진다, 그러니까 검사를 받으러 가기 전에 바닷가 근처에서 찾은 지은 지 25년 된 작은 주택을 사야겠다는 생각이 들었고, 이렇게 융자를 받으러 온 것이라고 저에게 힘 있게 주장하였습니다.

보통 때 같으면 당장이라도 거절할 안건이었지만 그때 눈앞에 있던 사람은 바로 그 이시마루 노부히코, 제 마음속의 은인이었습니다. 그런 사람이 자기 가족을 위해서 집을 남기고 싶다고 부탁하고 있었던 것입니다.

그래서 저는 결심했습니다. 어떻게 해서든 이번 안건만은 제가 가진 모든 힘을 다 쥐어짜서라도 융자를 해 드리기로.

노부 씨가 바라는 대로 해 드려야겠다고 결심했지요.

예전 같으면 2천 5백만 엔(한국 돈으로 약 2억 원) 정도의 일반주택융자금 정도는 '임의조치' 라고 해서 제 선에서 처리해 줄 수 있었겠지만 최근 몇 년 동안에 진행된 금융재편이라는 흐름 때문에 그렇게 하기가 아주 어려운 상황이 되어 버렸습니다. 10년 전이라면 설사 담보가 다소 부족하더라도 회사의 장래성이나 경영자의 자세를 감안해서 융자를 내줄수 있었고, 덕분에 위기에서 벗어난 회사도 적지 않아, 융자를 받은 회사에서 일하는 사람들이나 융자를 내준 저희 은행 사람들이 지금보다 훨씬 더 인간적이고 의욕적으로 일할수 있었던 것으로 기억합니다.

예전에 있었던 그런 사람 사이의 믿음과 유대관계는 도대체 어디로 사라져버렸을까? 남에게 진정한 기쁨을 주고, 그러면서도 적정한 이익을 내는 속에서 일희일비를 하면서도 열심히 일하는 것이 인간이 가진 진정한 모습이 아닐까?

그런 생각이 들자 이번 안건만은 무슨 일이 있어도 통과를 시켜야겠다고 저 자신에게 맹세하게 되었습니다.

그래서 저는 '딱 2주일만 시간을 주십시오. 그때까지는 암센터에 가지 말아 주세요. 융자를 받으실 수 있도록 최선을 다하겠습니다. 그런데 만약 암이 재발했다는 사실이 밝혀지면 융자금을 받을 때 계약해야 하는 단체신용생명보험 쪽에서 거부당해서 승인을 받을 수 없게 됩니다. 그러면 융자를 절대로 받을 수가 없지요. 그러니까 일단 저한테 맡겨 주세요.' 하고 말씀드렸더니 노부 씨는 무척 기뻐하는 표정으로 제 손을 힘 있게 잡았습니다.

저는 노부 씨를 보낸 다음에 당장 움직이기 시작했습니다.

1년 수입 액수는 그럭저럭 간신히 융자금센터에서 OK를 받을 수 있을 것 같았고, 다행히 융자금 액수도 5천 만 엔 미만이어서 보험회사 쪽으로는 '신청서 겸 고지서'를 신고하기만 하면 되었습니다.

그래서 전에 영업을 같이 다닌 적이 있던 융자금센터 팀장에게 당장 전화해서 어떻게든 이번 안건을 최대한 빨리 승인해 주었으면 좋겠다고 타진을 했고, 덕분에 노부 씨는 융자를 받을 수 있게 되었습니다."

"아아, 그랬군요. 그래서 제 선배가 노부 씨한테 병원에 가 보라고 한 지 3주 만에야 오시게 된 것이었군요."

나는 이 사토 씨라는 남자 분의 행동에 감동했습니다.

"그런데 아직도 문제가 남아 있지요……."

"네? 하지만 융자는 받게 된 것 아닙니까?"

"그렇기는 합니다만 만약 암이 이번에 새로 발생한 것이 아니라 전에 앓았던 위암이 재발된 것이면 고지의무를 위반한 것이 되어서 만약의 사태가 발생해도 보험금이 나오지 않게 되어버리거든요. 그러니까 혹시나 암이 확실해도 재발이 아니라 새로 생긴 것이라고 진단해 주십사 하고 니노미야 선생님께 부탁드리러 온 것입니다."

나는 잘 모르겠지만 이런 일을 은행 직원이 해도 괜찮은 것일까요? 그런 내 마음을 꿰뚫어 본 듯 사토 씨가 말을 이었습니다.

"물론 은행 직원이 이런 부탁을 하면 안 되지요, 절대로. 하지만 어떻게든 집을 사게 해 드리고 싶어서……."

아무리 무법자처럼 보일 수도 있는 니노미야 선생님이라 해도 이런 부탁은 들어주지 않을 것입니다. 나도 그렇고, 미즈호 씨도 망연자실할 수밖에 없었습니다.

이 사토 씨의 뜨거운 마음은 충분히 이해할 수 있습니다. 나도 할 수만 있다면 어떻게든 해 주고 싶은 마음이 간절하지만 진단 결과를 속이는 것은 의사로서 결코 해서는 안 되는 일입니다. 아무리 그것이 환자를 위한 일이더라도……. 이 점은 니노미야 선생님이 제일 잘 알고 있을 것입니다.

나는 사토 씨에게 커피를 권하면서 니노미야 선생님은 그런 짓을 가장 싫어한다는 사실, 그리고 조금만 있으면 진단

결과가 나온다는 사실을 잘 설명해서 오늘은 일단 돌아가시라고 했습니다.

그러나저러나 한 남자한테 이런 짓까지 하게 하다니 노부씨도 참 대단한 사람입니다.

"젠장, 세상 살맛이 안 난다니까."

평소처럼 또 그 입에 달고 사는 말을 내뱉으면서 니노미야 선생님이 '편지센터 Heaven' 에 들어왔습니다.

입구의 관엽식물, 양쪽으로 열리는 티크(Teak) 나무 문, 환자용으로 마련한 레카로 사 제품의 리크라이닝 의자, 열대어가 헤엄치는 전자 수족관, 어른 한 명에 아이 한 명 정도는 넉넉하게 드러누울 수 있을 정도로 널찍한 짙은 감색 매트리스, 아코디언 식 문 건너편에 있는 티크 나무로 만들어진 베란다, 그리고 바닥짐과 메인마스트가 없어 저렴하게 들여온 요트 YAMAHA30S……

'Heaven' 의 비품은 모두 다 환자들뿐만 아니라 내 마음까지도 편안하게 해 줍니다.

때로는 편지를 제대로 쓰지 못해서 퇴근이 늦어지는 일도 있지만 아내 나쓰코와 'Heaven' 의 조수인 미즈호 씨, 그리고 거의 매일같이 놀러오는 소아암 환자 아이짱한테서 힘을 얻어 보람된 나날을 보내고 있습니다.

그리고 오늘도 단골인 니노미야 선생님이 온 것입니다.

입에 달고 사는 그 탄식 소리와 똑같을 정도로 항상 있는 일인데, 오늘도 여전히 노크도 없이 불쑥 들어와서는 환자용으로 비치된 리크라이닝 의자를 차지하고 길게 앉아 있습니다.

"니노미야 선생님, 거기는 환자용 자리예요. 몇 번이나 말씀드렸잖아요."

"지금은 환자도 없잖아. 비어 있는 의자에 잠깐 앉겠다는데 뭐 그리 난리야? 준이치, 네가 말이야, 당장 쓰러질 것처럼 피곤한 몸으로 만원 전철을 타고 있는데 눈앞에 노약자석만 하나 비어 있다고 쳐. 주위에는 아픈 사람도 없고 노인도 없어. 그럼 어떡할래? 그런데도 앉지 않고 마냥 서 있을래?"

또 이상한 예를 들고 나옵니다.

"그건 예를 잘못 드신 거지요. 그리고 저쪽 의자도 비어 있잖아요."

나는 벽 옆에 놓인 벤치 의자를 가리켰습니다.

"그럼, 이렇게 바꿔 보자고. 텅텅 비어 있는 전철에 네가 친구랑 같이 탔다고 쳐. 그런데 그 친구가 노약자석 바로 옆에 앉았는데 너는 그 옆에 안 앉을 거야? 저렇게 멀리 떨어진 벤치 의자에 앉아서 어떻게 너랑 떠들란 말이야?"

니노미야 선생님은 아무래도 같이 떠들어줄 상대를 찾고 있는 모양입니다.

일본인 외과 의사 중에서 다섯 손가락 안에 꼽힌다고 하는 이 니노미야 선생님한테는 그 명성이 전국적으로 알려지면 알려질수록 더 많은 환자들이 살려달라고 찾아옵니다. 암 선고, 수술, 남은 수명을 알리는 마지막 선고 등등……. 십여 년 동안 니노미야 선생님은 상상을 초월할 정도로 극심한 육체적, 정신적 압박을 매일같이 받으며 지내고 있습니다.

"바다에 가고 싶다."

니노미야 선생님도 요트를 타는데 내가 아는 한 요즘에는 전혀 손을 대지 못하고 있습니다. 그래서 여기 'Heaven'에서 그 스트레스를 발산하고 있는 셈입니다.

"현실은 참 냉혹하단 말이야. 그렇다고 환자한테 거짓말 해서 그런 사실을 숨겨 봐야 아무 소용없잖아? 그래서 난 숨기는 것 없이 다 얘기하는 거야. 솔직하게 말이지. 속 편하게 해 주려고 거짓말을 하면 안 된다는 게 내 신념이거든.

냉혹한 현실을 환자랑 그 가족들한테 알려준 다음에 환자의 마음속에 자기 병을 똑바로 마주보고 싸우려는 힘이 우러날 때까지 꾸준히 기다리면서 나도 전심전력을 다해 협력하는 거야. '의사만 믿는다'는 자세는 요즘 시대에 맞지 않

아. 자기 건강에 대해서는 자기가 끝까지 책임을 져야지. 문제는 마음이야. 비록 몸은 병에 걸렸어도 마음의 건강만큼은 잃어버리면 안 돼."

니노미야 선생님은 자신한테 들려주는 것처럼 자기가 의사로서 하는 행동에 대해 열정적으로 이야기합니다. 이런 곳에서 자기 생각을 열변하는 니노미야 선생님에 대해서 나는 정신과 의사로서 흥미를 느끼고 있습니다. 물론 그저 넋두리만 늘어놓는 것으로 들릴 때도 많지만……

"오늘도 말이야, 대학을 겨우 나와서 일하기 시작한 지 한 달 남짓이나 되었을까 하는 젊은이가 응급으로 입원해 왔더라고. 빌리루빈(bilirubin) 수치가 9를 넘어서 눈알과 온몸에 황달이 엄청나게 끼었더라고. 허겁지겁 비어 있는 침대를 찾아서 당장 응급 입원을 시켰지.

지금 담즙을 흡입펌프로 빼내고 있는데, 보나마나 엄청 힘들게 생겼어. 그런데 문제는 본인은 물론이고 부모들조차 이 암이 얼마나 무서운 병인지 도통 모르고 있으니 한심한 일이지. 한달 정도 입원하면 암이랑 완전히 빠이빠이하고 다시 원래대로 건강해져서 사회에 복귀할 수 있다고 생각한단 말이야. 좋은 기회니까 그 사이에 컴퓨터 자격증이나 따 놔야겠다고 태평스러운 소리를 하고 있어요. 앞으로 얼마나 엄청난 폭풍이 불어 닥치는지도 모르고 말이야······.

이제 겨우 스물두 살이야. 취직하기가 하늘의 별 따기보다 더 어렵다는 요즘 시대에 겨우 직장을 찾아서 사회생활을 막 시작했는데. 더구나 회계사시험을 준비한다는 애인의 회사가 이 근처여서 내가 회진하러 다니는 저녁때만 되면 항상 부지런히 과일이니 뭐니 사들고 와서는 그 남자를 돌보고 있더라고. 앞으로 자기가 회계사가 되면 애인이랑 결혼해서 작은 회계사무실을 차리고, 애도 두세 명 낳아서 작지만 아담하고 행복한 가정을 만들고 싶다나. 난 정말이지 '여기가 무슨 병원인지 알고 계쇼?' 하고 묻고 싶어지더라니까.

아까 올라온 사진을 봤는데 쓸개관 주변으로 침습이 심하고, 더구나 폐에도 전이한 상태여서 이런 수치면 외과수술은 무리겠다고 팀 미팅에서 결론이 났거든. 본인은 담즙을 빼니까 좀 편해졌는지 황당할 정도로 태평스럽게 만화책이나 읽으면서 '외래 다니면서 항암제를 써도 괜찮아요?' 하고 속 뒤집어지는 질문이나 하고 앉았는데 말이야. 자기 병이 내 당뇨병보다 약간 더 심한 정도에 불과하다고 생각하는지 원. 하기야 저렇게 젊은 나이에 자기 목숨이 앞으로 몇 달밖에 남지 않았다는 것을 상상이나 할 수 있겠어? 이래서 싫다니까. 아무튼 이게 뭐하는 짓인지 모르겠어. 암 의사는 할 짓이 못 돼……."

담낭, 간, 췌장에 병이 있는 중환자 중에는 젊은 사람이 별로 없어서 오랫동안 이곳에서 일하면서 날이면 날마다 암과 싸우고 있는 니노미야 선생님조차도 그런 환자를 보게 되면 상당히 기분이 가라앉는 모양이었습니다.

"인간의 무력함하고 의료기술의 한계를 너무 뼈저리게 느끼게 돼……."

니노미야 선생님은 말투와는 정반대로 사실은 아주 걱정을 많이 하는 소심한 성격입니다.

"기분도 뭐 같은데 여기서 가라오케나 한판 때릴까?"

또 시작입니다. 여기 오면 거의 빠짐없이 펑거파이브(일본의 가수그룹)의 '학원천국' 같은 노래를 부르곤 합니다. 나에게도 편지를 쓴다는 중요한 일거리가 있는데 니노미야 선생님은 그런 일은 아랑곳 없이 노래를 부르려고 하는 것입니다.

나는 오늘이야말로 기필코 그런 일을 저지르기 위해 노래방기계를 준비하려고 하는 미즈호 씨에게 손으로 신호를 보내고는 화제를 돌렸습니다.

"선생님, 그러고 보니 노부 씨는 어때요?"

"응? 노부 씨 말이지……."

아직 검사가 다 끝나지 않아서 아무것도 모르는 상태일

텐데도 니노미야 선생님은 오랜 경험으로 뭔가 느끼는 바가 있는 모양이었습니다.

몇 주 후, 검사 입원을 위해 노부 씨와 유코 부인은 아들 코지 군까지 데리고 다시 암센터로 찾아왔습니다.

대장내시경 검사 결과 커다란 육종이 광범위하게 생겨나 있어서 암일 가능성이 크다는 사실이 밝혀졌습니다. 출혈 부분은 EVL 치료로 피를 멈추게 했지만 곧바로 세포조직을 추출해서 병리검사를 받게 되었습니다.

또한 간 쪽도 혈액검사와 화상진단법으로 정밀검사를 실시하고 검사 결과를 기다리게 되었습니다.

보통 사람들 같으면 이렇게 병리검사를 받고 결과가 나올 때까지의 기간 동안 안절부절못하게 마련입니다. 암인지 아닌지, 살 수 있는지 죽게 되는지를 가르는 인생의 커다란 갈림길이기 때문입니다.

그러나 노부 씨는 평소와 다름없이 밝고 활기차게 지내면서 간호사나 다른 환자들을 웃기기도 하고, 병실로 문병을 오는 친구들과 바다에 대해 열정적으로 이야기하고, 학생들에게는 "병원에 올 생각하지 말고 그럴 시간 있으면 바다로 나가!" 하며 설교를 늘어놓곤 했습니다.

그러다가 운명을 가르는 병리검사 결과가 발표되는 날이 왔습니다. 노부 씨와 유코 부인은 니노미야 선생님의 후배 의사인 내과 담당 시모다 선생님에게 불려갔습니다.

"어째서 니노미야 선생이 없는 거요?"

노부 씨가 의심스러운 표정으로 시모다 선생님에게 물었습니다.

"그, 그게 무슨 급한 볼일이 생겼다면서 오늘은 병원에 출근하지 않으셨거든요. 그리고 이건 병리검사 결과니까 내과에 있는 제가 말씀드려야 하는 것이라서……."

"그래요……."

하고 고개를 갸웃거리면서도 그러려니 하면서 노부 씨는 의자에 앉았습니다.

시모다 선생님은 마른 침을 삼키고는 검사 결과를 알려주었습니다.

결론은 예전에 앓은 위암이 전이된 것은 아니지만 간암과 직장암이 동시에 생겼다는 것이었습니다. 간암 쪽은 아직 초기 단계의 암이어서 앞으로 치료만 받으면 충분히 나을 가능성이 있지만 직장암은 상당히 진행이 빠른 저분화의 위험한 종류로 5년 이상 생존할 확률이 매우 낮다는 것이었습니다.

언제나 밝았던 노부 씨의 얼굴에서 웃음이 사라져버렸습

니다.

어렵게 어렵게 그 고달픈 날들을 가족이 똘똘 뭉쳐서 겨우 이겨냈는데, 그 지옥 같은 생활이 또다시 시작된다니…….

그래도 재발이 아니라는 점이 그나마 다행이라고 노부 씨는 생각한 모양입니다. 진단 결과를 들은 바로 그 순간만큼은 얼굴이 어두워졌지만, 한편으로는 이제 내 집을 살 수 있겠다, 가족들에게 남겨 줄 것이 생겼다는 안도감에서 표정이 다시 밝아졌습니다.

그때 니노미야 선생님은 '편지센터 Heaven'의 베란다에서 딱딱하게 굳은 표정으로 먼 하늘을 바라보고 있었습니다.

니노미야 선생님은 시모다 선생님한테서 병리검사 결과를 이미 들었던 것입니다.

그날 오후에 노부 씨가 불쑥 '편지센터 Heaven'에 찾아왔습니다.

노부 씨가 여기 온 것은 그때가 처음입니다. 마침 그날 오후에는 예약이 없어서 나는 하라다 부장님께 제출하기 위해 최근에 찾아온 환자들에 대한 보고서를 쓰고 있었고, 옆에서 미즈호 씨는 벤치 의자에 앉아 독서에 여념이 없었습니다.

그러는 참에 노부 씨가 찾아온 것입니다.

"준이치, 아주 근사한 데서 일하네."

여전히 존댓말과는 담을 쌓은 말투입니다.

"아아, 노부 씨. 검사 결과는……."

나는 신중하게 물어야 할 말을 나도 모르게 입에 올리고 말았습니다. 사실은 니노미야 선생님과 시모다 선생님한테서 노부 씨의 검사 결과가 그날 나온다는 소식을 듣고 궁금해하던 차였지요. 하지만 그렇다고 그런 일을 이렇게 단도직입적으로 물어봐서는 안 되는 것이었는데. 너무도 경솔한 행동이었습니다. 이래가지고는 정신과 의사 자격이 없습니다. 미즈호 씨도 '어떻게 그런 질문을 해요?' 하고 비난하듯이 표정이 딱딱해졌습니다.

"아니, 그러니까……, 오늘은 어쩐 일이세요?"

나는 얼버무리듯이 다시 물었습니다.

"뭘 그렇게 허둥거려?"

노부 씨는 별로 신경을 쓰지 않는 것 같았습니다. 내가 약간 안심하는 표정을 지었더니 노부 씨는

"그렇게 알고 싶어? 내 검사 결과 말이야."

하고 능글능글 웃으면서 내 쪽으로 얼굴을 들이밀었습니다.

지금까지 다양한 암 환자들을 상대해 왔지만 이런 말을

하는 환자는 생전 처음입니다. 어떤 식으로 대응해야 할지 갈피를 잡지 못했습니다.

"아니, 그런 게 아니라……."

나는 당황했습니다.

"사실은 벌써 알고 있는 거 아니야?"

노부 씨의 짓궂은 질문이 이어졌습니다.

"아니요. 전혀 몰라요. 전 정신과 의사이기는 하지만 지금은 편지 대필자에 불과하니까 환자들보다 먼저 결과를 알거나 하는 일은 거의 없어요."

나는 필사적으로 변명했습니다.

"그야 보통 때는 '거의 없는 일'이겠지만, 내가 너한테 보통 환자는 아닐 텐데?"

"노부 씨, 제발 좀 봐주세요."

내가 두 손을 번쩍 들었을 때에서야 노부 씨는 승리감에 찬 표정으로 시모다 선생님한테 들은 검사 결과를 가르쳐 주었습니다.

"원발성 악성종양, 진행성 직장암이라네. 간 쪽에도 혹이 있는 모양인데 그쪽은 초기라나. 위암이 전이된 줄 알았더니 원발성이래. 도대체가 이 암이라는 놈은 나를 너무 좋아하는 모양이야."

그러면서 밝게 떠드는 노부 씨가 내게는 왠지 측은하게 느껴졌습니다.

마침 그때 학교를 마친 아이짱이 "안녕하세요" 하고 인사하며 들어왔습니다.

"어어, 혹시 이 아이가 니노미야가 말하던 아이짱인가? 허구한 날 그 째진 목소리를 들어 주느라고 고생이 많구나."

씩 웃은 아이짱은 벤치 의자에 가방을 올려놓고는

"아저씨가 혹시 노부 씨예요?" 하고 물었습니다.

어떻게 아이짱이 노부 씨를 알고 있었을까요? 아이짱이 말을 이었습니다.

"아저씨, 옛날에 금메달 땄어요?"

"아아. 그래, 아―주 옛날에 딴 적이 있지. 너무 옛날 일이라 잊어버렸지만 말이야. 넌 어떻게 그걸 알았니? 니노미야가 그런 쓸데없는 소리를 하던?"

"여기 오는 도중에 니노미야 선생님을 만났어요. 너무 우울해 보여서 '왜 그래요?' 하고 물었더니 '내 친구 노부 씨가 암에 걸렸대' 라고 대답하더라고요. 그래서 '노부 씨가 누군데요?' 하고 물었더니 '금메달 땄던 노부 말이야' 라고 하고는 그냥 가버렸거든요."

노부 씨는 웃으면서

"웃기는 놈일세. 왜 지가 우울해하고 난리야? 우울해도 내가 우울해야지. 암에 걸린 적도 없는 주제에 내 심정을 지가 알게 뭐야. 아무튼 명의가 다 죽었다니까, 그런 놈이 명의 소리를 듣는 걸 보면……." 하고 말하더니 한순간 쓸쓸한 표정을 지었습니다. 그러나 금세 아이짱의 양 어깨를 꽉 잡고는

"난 위암도 이겨냈어. 암 같은 건 하나도 안 무섭다고. 안 그래?" 하고 힘 있는 목소리로 물었습니다.

아이짱은 천진한 미소를 지으면서 고개를 크게 끄덕였습니다.

노부 씨는 "나중에 올게"라고 말하고는 나가려고 했습니다. 그러다가 곧바로 뒤돌아서더니 "아 참, 참. 여기 요코하마 중앙은행의 사토라는 사람이 왔었지? 어차피 조만간에 또 올 테니까 이것 좀 그 사람한테 전해 줘."

하고 말하며 봉투 하나를 내게 주었습니다. 이상할 정도로 얇게 느껴졌습니다. 햇빛에 비췄더니 편지의 글씨가 비쳐 보였습니다.

거기에는 '암센터의 니노미야한테 들었소. 일부러 쓰키지까지 찾아왔다면서. 고맙소. 이 은혜는 평생 잊지 않겠소. 이시마루 노부히코' 라고만 쓰여 있었습니다. 노부 씨는 워낙에 쑥스러워하는 성격이라 고맙다는 편지 같은 것을 자기

손으로 직접 건네주지 못하는 모양입니다.

'Heaven'을 나가는 노부 씨의 뒷모습에서는 예전에 금메달을 딴 사람의 그림자를 찾아볼 수가 없었습니다.

노부 씨가 'Heaven'에서 나가고 난 뒤로도 나는 노부 씨가 자꾸만 마음에 걸렸습니다. 평소에는 우락부락하니 무섭게 느껴지던 노부 씨가 이상하게 작아 보였기 때문입니다.

나는 니노미야 선생님과 이야기해야겠다는 생각이 들어 6층으로 찾아갔습니다.

니노미야 선생님은 아이짱 말대로 침울한 표정을 짓고 있었습니다.

"어, 준이치, 여기까지 웬일이야?"

힘없는 목소리로 그렇게 묻더니 벽 앞에 놓여 있던 파이프 의자를 끌고 와서 나한테 앉으라는 시늉을 해 보였습니다.

나는 의자에 앉자마자

"그러니까 노부 씨 일 말인데요……." 하고 진지한 표정으로 말을 꺼냈습니다.

그러자 니노미야 선생님은 '역시 그것 때문이군' 하는 느낌으로 미간에 주름을 잡으면서 입을 다물어버리고 말았습니다.

그때 노크하는 소리와 함께 간호부장님이

"니노미야 선생님, 잠깐 실례합니다." 하며 문을 열었습니다.

"가와다 종합병원의 야마우치 선생님한테 소개를 받고 왔다는 분이 찾아 오셨는데……."

한순간 니노미야 선생님은 '그게 누구야?' 하고 영문을 모르는 표정을 지었다가 곧바로

"아아, 그랬지, 맞아 그랬어." 하고 큰 소리로 말하더니 나를 향해 손을 내저으며 가라는 신호를 보냈습니다.

"미안해. 선배 의사 소개로 자기가 골육종에 걸렸다고 생각하는 고등학생이랑 상담해야 하거든. 까맣게 잊어버리고 있었네."

니노미야 선생님도 노부 씨 일로 머릿속이 가득 차 있었던 모양입니다. 나는 할 수 없이 "나중에 다시 오겠습니다" 하고 말하고는 그 자리를 떠나려고 했습니다.

그런데 니노미야 선생님이 나를 불러 세웠습니다.

"아, 그렇지. 잠깐만 기다려 봐. 그 고등학생은 암 노이로제에 걸렸을 가능성이 있다고 했으니까 너도 여기 같이 있어. 그러는 편이 나도 좋을 것 같네."

"아니, 아무리 그래도 제가 여기 있으면 이상하지요. 환자 입장에서 보면 '당신 누구요?' 하고 묻고 싶을 텐데."

그렇습니다. 나는 어디까지나 '편지 대필자'라는 신분으로 환자들의 마음속에서 나오는 소리를 듣고 있는 것이니까요.

"그런 거야 내 조수든 뭐든 둘러대면 되니까 어쨌든 여기 같이 좀 있어 봐. 이것만 끝나면 노부 씨 이야기든 뭐든 다 해 줄게."

너무 일방적인 말이기는 해도 암 노이로제에 걸렸을 가능성이 있는 환자라면 나로서도 가만히 내버려둘 수 없는 일입니다. 그래서 얌전히 니노미야 선생님의 말을 따르기로 했습니다.

진찰실로 들어온 사람은 감색의 수수한 운동복을 입은 중년 남성과 비교적 덩치가 크고 요즘 유행하는 머리 모양을 한 고등학생이었습니다.

"아, 안녕하세요. 바쁘신데 죄송합니다. 가와다 종합병원의 야마우치 선생님한테서 이야기를 들으셨겠지만 전 토도 고등학교 축구부에서 감독을 맡고 있는 토다라고 합니다."

그 중년 남성은 그렇게 말하더니 옆에 있는 고등학생의 팔을 잡아끌면서

"이놈은 가와무라 유지라고, 저희 팀 선수인데……." 하더니 봉투 하나를 니노미야 선생님에게 건네주었습니다.

그것은 야마우치 선생님이 쓴 소개장이었습니다.

그 소개장에 따르면 가와무라 유지라는 이름의 이 고등학생은 아직 학생이면서도 U-20 일본 대표에 뽑힐 정도로 유

명한 축구 선수이며 가까운 미래에 일본 축구계를 짊어지고 갈 뛰어난 인재라고 하였습니다.

최근 몇 달 동안 매우 힘든 시합 일정을 소화해 내고 있었는데 갑자기 몸에 이상이 느껴지기 시작했다고 합니다. 무릎이 부어오르고, 심상치 않은 통증이 생기기 시작해서 걱정이 된 감독이 근처 대학병원으로 데리고 가서 검사를 해 보았더니 일종의 혹이 생겼다는 진단이 나왔다고 합니다. 그런데 유지 본인은 이 진단결과를 납득하지 못하고 '나는 골육종에 걸린 게 아닐까' 하고 의심하며 노이로제에 걸려 밤에도 잠을 자지 못하게 되었다는 것입니다.

야마우치 선생님이 있는 병원에서는 충분한 정밀검사를 할 수 없으니까 최첨단 설비가 있는 암 연구시설인 국립암센터 중앙병원에서 철저하게 정밀검사를 해서 제대로 된 진단결과를 내주기 바란다, 또한 암이나 육종에 대해서 잘 설명해 주었으면 한다는 내용이었습니다.

니노미야 선생님이 소개장을 다 읽고 얼굴을 들자 "잘 부탁드립니다." 하고 토다 감독이 고개를 깊숙이 숙여서 인사했습니다.

고등학생이 골육종이라……. 실세로 원래 골육종은 사춘기나 젊은 성인들에게서 발병하기 쉬운 암이기는 하지만 건강에 자신감을 가지고 있는 운동 선수, 그것도 장래가 촉망되는 일본 대표 선수가 그런 병에 걸렸다고 생각한다면 그 불안감은 보통이 아닐 것입니다.

아직 젊기 때문에 암 사전이니 건강잡지, 인터넷 등에서 주워들은 정보로 암 노이로제에 걸렸을 가능성도 충분히 있습니다.

"그럼 문제가 되는 부위를 좀 볼까? 어디야?"

니노미야 선생님이 팔을 걷으면서 말했습니다.

유지는 오른쪽 바지를 걷어서 무릎을 내보였습니다. 진짜로 잔뜩 부어오른 것이 아파 보였습니다.

"처음에는 단순히 안에 뭐가 생겼거나 곪았거니 하고 생각해서 별 신경을 쓰지 않고 시합에 나갔는데 점점 통증이 심해져서 이제는 시합 중에 상대 선수랑 가볍게 접촉하기만 해도 아주 심한 통증을 느끼게 되었어요."

유지는 의외로 또박또박 설명했습니다.

"그래서 대학병원에도 가 보았는데 양성종양일 것 같다면서 주사기로 부은 내용물만 뽑아냈어요. 그런데 2, 3일 지나니까 또 부어오르더라고요……. 그래서 그 의사는 믿을 수가 없다는 생각이 들어서 당장 퇴원해버렸어요."

상당히 자기주장이 강한 고등학생인 모양입니다.

"빨리 정밀검사를 받을 수 없을까요? 대표전도 얼마 안 남 았는데……."

유지는 뻔뻔스럽게 그런 부탁을 했습니다.

자기가 골육종에 걸렸다고 믿고 있으면서도 앞으로 있을 대표전이 마음에 걸린다…….

나는 유지가 정신적인 균형을 잃어버렸다는 사실을 알아 차렸습니다. 니노미야 선생님도 같은 생각이 들었는지 내 쪽을 보더니 '거 봐라' 하는 표정을 지었습니다.

니노미야 선생님은 미간에 주름을 지으면서

"분명히 아파 보이기는 하지만 이것만 가지고는 골육종인 지 어떤지 알 수가 없겠는데. 당장 검사 입원을 위한 수속을 밟도록 하지. 다만 여기는 워낙 대기 환자들이 밀려 있어서 곧바로 입원할 수는 없을 거야. 아무리 빨라도 한 달 정도는 걸리지. 물론 위급한 상황의 환자라면 우선적으로 며칠 안 에 입원시키지만……."

"네에? 한 달씩이나요? 전 그렇게 못 기다려요. 어떻게 좀 해 주세요."

유지는 니노미야 선생님에게 달려들 듯이 조르다가 토다 감독이 "지금 뭐하는 짓이야" 하고 야단을 치자 잔뜩 화가 난 표정으로 입을 다물어버리고 말았습니다.

"그야 야마우치 선생님이 소개하신 것도 있고 하니까 어떻게든 빠른 시일 내에 입원할 수 있도록 노력은 해 보겠지만. 그런데 참, 이름이 유지라고 했던가? 물어볼 것이 하나 더 있는데."

니노미야 선생님이 부드러운 목소리로 물었습니다.

"최근에 열이 오른다거나 뛰고 있으면 숨이 찬다거나 하는 일은 없었나?"

유지는 화들짝 놀라는 얼굴이 되었습니다. 보아하니 유지 본인밖에 몰랐던 비밀, 아무에게도 말하지 않았던 증상이었던 모양입니다. 유지는 너무 놀라 황당해하는 표정으로 니노미야 선생님을 쳐다보았습니다.

"어떻게 그걸……."

최근 들어 이상하게 몸이 무겁고 둔했던 일, 연습 중에 자꾸만 숨이 차는 느낌이 들었던 일 등을 털어놓기 시작했습니다. 유지는 연습 과잉 증후군이나 아니면 연습 부족에 의한 심폐 기능 저하 때문일 것이라고 자기 혼자 판단하고 있었던 모양입니다.

그런데 어떻게 운동하고 담쌓고 사는 사람으로 보이는 안경 낀 아저씨가 그걸 알아차렸는지 영문을 모르겠다는 표정이었습니다.

"왜냐하면 골육종이 전이성이면 간이나 폐로 전이하기 쉽거든. 물론 다른 뼈로 가는 경우도 있지만."

니노미야 선생님은 환자들 앞에서 어설픈 거짓말을 하지 않습니다. 설사 그 환자가 정신적으로 안정되어 있지 못하다는 사실을 알고 있다 해도 말입니다. 자기가 한 말 때문에 환자가 정신적인 균형을 잃어버리면 곧바로 19층에 있는 '편지센터 Heaven'으로 보내버리면 된다고 생각하고 있는 모양입니다.

지금까지 니노미야 선생님 때문에 얼마나 많은 환자들이 나한테 왔는지 모릅니다. 6층에 있는 이 진찰실에서 19층의 'Heaven'까지 직통으로 연결되는 엘리베이터를 만들어도 될 정도입니다.

그러나 그와 동시에 도움을 받은 환자들도 많이 있습니다. 자랑은 아니지만 니노미야 선생님과 'Heaven' 덕분에 구원을 받은 환자나 환자 가족들도 헤아릴 수 없이 많습니다.

그렇게 생각하면 니노미야 선생님의 진단 방침은 '신의 손'이라고 불리는 그 수술 실력과 마찬가지로 존경받아 마땅합니다.

하지만 이번만큼은 너무 심했다는 생각이 들었습니다. 니노미야 선생님은 유지가 더욱 동요할 것을 뻔히 알면서도 골육종의 증상에 대해 언급한 것이니까요.

아니나 다를까 유지는 불안감 때문에 눈동자가 흔들리기 시작했습니다.

안 그래도 요즘 들어 노이로제 기가 있어 밤에도 잠을 자지 못하는 날들이 계속되었다고 소개장에 쓰여 있었습니다.

역시 자기는 골육종일 가능성이 높다. 더구나 이미 전이되었을 가능성도 있다…….

유지는 축구에 대한 자신의 장대한 꿈이 와르르 무너져 내리는 듯한 표정을 지었습니다.

니노미야 선생님은 그런 유지의 절박한 표정을 보면서

"이봐 준이치. 오늘 'Heaven' 의 예약 상황은 어때?" 하고 나에게 물었습니다.

"별 약속이 없는 것으로 아는데요……." 하고 대답하면서 니노미야 선생님의 컴퓨터로 예약 상태를 확인해 보았습니다.

그랬더니 다행히 오후 마지막 타임이 아직 비어 있었습니다.

니노미야 선생님은 화면으로 그것을 확인하더니 유지와 토다 감독에게 말했습니다.

"우선 오늘은 19층에 있는 '편지센터 Heaven' 으로 가서 아무 거라도 좋으니까 불안한 부분 등에 대해서 이야기하고 가세요. 카운슬링 센터 같은 곳이니까. 이 사람은 준이치라는 선생이고 거기서 편지를 대필해 주고 있는데 무슨 이야기든 들어주니까 마음을 열고 모조리 다 털어놓아도 괜찮아요. 준이치, 잘 부탁해."

너무 갑작스러운 말 때문에 나는 약간 허둥거렸지만 어떤 환자든지 받아들이는 '편지센터 Heaven'의 대표자로서 유지와 토다 감독 쪽을 보고 약간 억지스럽지만 웃는 얼굴로 머리를 숙였습니다.

니노미야 선생님은 잘했어 하고 칭찬하는 표정으로

"입원 안내는 전날이나 전전날에 암센터 쪽에서 전화를 해 줄 겁니다. 준비해 두세요. 그럼 이걸로……." 하며 이야기를 마치려고 했습니다.

"네에?! 잠깐만요. 그렇게 갑자기 들어오게 되는 거예요?" 하고 유지가 니노미야 선생님에게 다그쳤습니다.

"할 수 없어. 전국에서 이 병원 침대가 비는 것을 눈 빠지게 기다리는 환자들이 수도 없이 많거든. 미안하다."

그 말을 들어도 유지와 감독은 무슨 소리인지 이해를 못하는 모양이었습니다.

"원래 여기는 입원하려는 환자들이 워낙 많아서요. 자리가 나는 대로 가능힌 힌 빨리 연락을 드리도록 하겠습니다."

얼떨결에 내가 니노미야 선생님의 말을 보충 설명하는 꼴이 되었습니다.

토다 감독은 입원 수속에 대한 것보다 어째서 편지 대필 센터로 가야 하는지 이해가 안 되는 모양이어서 잠시 어안이 벙벙해진 표정을 짓고 있었지만 곧바로 일어섰습니다.

유지는 머릿속이 완전히 하얗게 비어버린 모습이었습니다.

원인은 입원 수속 때문도 아니고 편지센터에 가야 한다는 것 때문도 아닙니다. 아무래도 니노미야 선생님의 "열이 오르지 않나?", "숨이 차지 않나?" 하는 질문 때문에 역시 두려워하던 대로 자기가 골육종에 걸렸고, 그게 다시 다른 장기로 전이했을지도 모른다고 완전히 믿어버린 모양이었습니다.

토다 감독은 "감사합니다." 하고 고개를 깊이 숙여 인사했지만, 유지는 아무 말 없이 멍한 눈빛으로 토다 감독을 따라나갔습니다.

대기실에서는 여학생 하나가 유지를 기다리고 있었습니다.

"아아, 저 아이는 축구부 매니저를 하고 있는 사사키 미호라는 애입니다."

토다 감독은 그렇게 말하며 미호의 머리에 손을 얹어 인사를 시켰습니다.

"안녕하세요." 하며 미호는 쑥스러운 듯이 인사하고는 곧장 유지한테 달려가서 물었습니다.

"어땠어?"

유지는 아무 소리도 들리지 않는 모양입니다. 그저 멍하니 토다 감독을 따라 엘리베이터 쪽으로 걸어갈 뿐이었습니다.

"유지, 넌 아직 암이라는 판정을 받은 것도 아닌데 왜 그렇게 축 가라앉아 있는 거야? 그것 때문에 일부러 야마우치 선생님한테 소개장까지 써 달라고 해서 암센터로 온 거잖아. 정신 차려, 이 녀석아!"

"하지만, 감독님……. 저 선생님 유명한 의사라면서요?"

"그야 그렇지. 축구로 말하자면 너보다도 더 유명한 셈이지."

"그래요……."

유지는 저 의사는 엉터리라고 생각하고 싶은 마음도 간절했지만, 한편으로는 명의라니까 믿어 보자는 마음도 있었겠지요. 그런데 숨차고 열이 난다는 증상을 의사가 꿰뚫어 본 순간부터 의사의 말이 틀림없을 것이라는 생각이 훨씬 강하게 들었던 것입니다.

멍하니 넋을 잃고 있는 유지 앞에서 엘리베이터 문이 열렸습니다.

19층을 누르고 문이 막 닫히려는 찰나에 도우미가 미는 휠체어를 탄 젊은 사람이 들어왔습니다. 유지 바로 옆에 휠체어를 세운 그 사람은 휴대용 링거에서 팔 정맥에 무언가 약을 투여받고 있었습니다.

유지는 아직 젊은 그 사람의 하반신을 보고는 깜짝 놀랐습니다. 왼쪽 다리가 무릎 위로 약 10센티미터 부분부터 완전히 절단되어서 아무것도 없었기 때문입니다.

나는 그때 큰일이라고 생각했습니다. 왜냐하면 그 환자는 틀림없이 골육종이었기 때문입니다. 어쩌면 유지도 같은 병에 걸려 있을지도 모릅니다. 그 사실을 알아차리면 지금의 유지한테는 충격이 너무 심할 테니까요.

암 사전에 나와 있는 골육종이 진행된 경우의 치료방법은 '모든 암을 신속하게 제거하기 위해 상지 또는 하지의 전부, 혹은 일부를 절단(제거)하는 경우가 있습니다. 만약 임파절까지 전이가 진행되어 있으면 임파절을 제거합니다.'

이 환자도 골육종으로 한쪽 다리를 절단하였고, 더구나 임파절과 폐로 전이해서 항암제 치료를 받고 있습니다….

환자들이 암에 대한 지식을 갖는 것은 매우 중요한 일이지만 경우에 따라서는 우울증을 유발시키는 원인이 되기도 합니다.

고등학생인 유지가 올바른 지식을 가지고 제대로 이해하

고 있는지 여부는 매우 의심스러웠습니다.

그 휠체어의 환자는 나이가 유지와 같거나 약간 더 많은 것으로 보였습니다. 유지는 '나도 저렇게 되나' 싶어 보지 않으려고 애를 써도 자꾸만 그 환자의 다리 쪽으로 눈길이 가는 모양이었습니다.

엘리베이터가 움직이기 시작하자마자 유지는 갑자기 구역질이 나서 얼떨결에 문이 열린 12층에서 내려버렸습니다.

나도 토다 감독도 미호도 깜짝 놀라 유지를 쫓아갔습니다.

그런데 거기 있었던 것은 항암제 부작용으로 머리카락이 다 빠져서 대머리가 되었고 휠체어에 앉아 있는 창백한 얼굴의 아이들이었습니다.

엘리베이터 홀 구석에 쭈그리고 앉아 욱욱거리는 유지 옆에 주저앉아 미호는 자기 양손을 오므려서 토한 것을 모두 받아냈습니다.

그러고는 곧바로 화장실에 가서 토사물을 씻어내고 오더니 바닥에 털썩 주저앉아 있는 유지의 등을 쓸어주었습니다.

"유지……."

나는 곧바로 엘리베이터 홀 앞에 있는 개별 상담실로 유지를 네리고 가서 누우라고 지시했습니다.

"유지, 너무 걱정하지 않아도 돼. 아직 아무것도 확실하지 않은 상태이고, 야마우치 선생님 소개장에는 절대로 골육종이 아니라고 쓰여 있었으니까 나머지는 니노미야 선생님한테 맡겨두면 걱정할 필요 없을 거야. 아무 일도 아닐 거야."

나는 소개장에 쓰여 있지도 않은 말을 해버렸습니다.

토다 감독은 아무 말도 하지 못했습니다.

미호도 마찬가지 상태였습니다.

이 여학생을 만난 지 몇 분밖에 되지 않았지만 미호가 유지를 좋아한다는 사실은 그 태도만 보아도 충분히 알 수 있었습니다.

미호는 '할 수만 있다면 내가 유지를 대신해서 골육종에 걸려 다리를 잘랐으면 좋겠다. 장래가 기대되는 유지에 비하면 내 한쪽 다리 정도는 얼마든지 내어줄 수 있다. 아니, 필요하다면 목숨을 내주어도 상관없다'고 생각하고 있는 것처럼 보였습니다.

이런 마음은 결코 매니저로서 가지는 모성애가 아니라 유지를 향한 순수한 애정으로 느껴졌습니다.

구토감이 가라앉자 몸을 일으키기는 했지만 미호의 그런 뜨거운 마음을 알아줄 여유 같은 것은 전혀 없는지 유지는 시종일관 말없이 창문을 통해 보이는 도쿄 만과 레인보 브리지를 가만히 바라보고 있을 뿐이었습니다.

얼마 후에 갑자기 유지가 고개를 푹 숙이면서 강한 말투로 따졌습니다.

"어째서 편지 대필센터 같은 데 가야 하는 겁니까? 유서라도 써 달라고 부탁하라는 뜻인가요?"

유지의 눈에서 반짝이는 이슬이 떨어져 내렸습니다.

"네가 그 모양으로 생각하니까 니노미야 선생님께서 소개해 주셨겠지."

토다 감독은 유지의 어깨를 두드리면서 꾸중하듯이 말했습니다.

이번에는 내가 뭐라고 말해야 될지 몰라서

"이, 일단은 나중에 19층으로 저를 찾아오세요. 토다 감독님, 잘 부탁드려요."

하는 말만 남기고 그 자리에서 나왔습니다.

나는 19층으로 가는 엘리베이터 속에서 유지한테 무엇을 물어봐야 할지, 그리고 어떤 이야기를 들어야 할지 계속 생각했습니다.

'미즈호 씨랑 아이짱이 잘 도와주었으면 좋겠는데' 하고 언제나처럼 무책임하게 남에게 의지하려는 생각이 떠오른 것도 사실입니다.

그와 동시에 노부 씨 일도 생각이 나서 "에이, 정말." 하고 아무도 없는 엘리베이터 속에서 혼자 중얼거렸습니다.

유지, 토다 감독, 그리고 미호가 'Heaven'으로 찾아온 것은 상담이 끝날 시간이 거의 다 되었을 때였습니다.

'Heaven'의 문으로 처음 들어선 세 사람은 도저히 암센터 안에 있는 것처럼 보이지 않는 인테리어 때문에 놀란 모양이었습니다.

고개를 푹 숙이고 있던 유지도 상당히 놀란 표정이었습니다.

미즈호 씨가 언제나처럼 "어서 오세요" 하며 상냥한 웃음으로 맞이하자 세 사람은 가볍게 고개를 숙이고는 안으로 들어왔습니다.

「도라에몽 대역판」을 읽고 있던 아이짱은 베란다에서 손을 흔들어주었습니다. 그 모습을 본 토다 감독은 '어째서 저런 애가 여기 있는 거지?' 하고 의아해하는 표정으로 눈이 휘둥그레졌습니다.

'Heaven'에 들어섰을 때 순간적으로 표정이 밝아졌던 유지는 금세 다시 어두운 얼굴이 되었습니다.

나는 그런 유지를 리크라이닝 의자에 앉힌 다음 하와이언 커피를 잔에 따랐습니다.

"유지, 아까 하던 이야기 말인데……."

나는 질문을 하려 했으나 유지는 표정이 전혀 바뀌지 않았습니다.

"축구를 못해서 스트레스가 쌓이기도 하겠지만 일단 지금은 니노미야 선생님 말씀을 따르는 것이 제일 중요한 일이야. 그 이상도 그 이하도 할 필요는 없어. 니노미야 선생님께 모든 것을 맡겨……."

나는 열심히 이야기해 주려고 했지만 여전히 유지는 무표정이었습니다. 눈도 깜박이지 않는 것 같았습니다.

그러자 도저히 가만히 두고 볼 수 없었던지 미즈호 씨가 야마우치 선생님이 보낸 소개장을 보면서 약간 냉랭하게 말을 걸었습니다.

"유지, 라고 하는구나? 아직 아무런 진찰을 받은 것도 아니고 검사도 하지 않았다면서? 도대체 무얼 가지고 그렇게 걱정을 하는 거지? 걱정해 봐야 암이 낫는 것도 아닌데. 걱정을 하면 할수록, 고민을 하면 할수록 오히려 마음의 병은 점점 더 심해질 거고."

미즈호 씨는 간혹 환자들에게 이런 태도로 접할 때가 있습니다. 평소에 워낙 상냥한 사람인 만큼 그럴 때는 더욱 무섭지요. 그런 태도를 보일 때는 나도 아무 소리 못합니다.

"앗, 축구하는 오빠네."

갑자기 아이짱이 유지를 가리키며 말했습니다. TV에서 본 적이 있는지 아이짱은 유지를 알고 있는 모양입니다.

"아이짱, 유지를 본 적이 있어?"

미즈호 씨가 신기하다는 듯이 물었습니다.

"응, 알아요. 축구를 무지 잘하는 오빠야."

유지는 정말로 일류 선수인 모양입니다. 그러나 지금의 유지한테서는 그런 분위기를 털끝만큼도 찾아볼 수가 없습니다. 완전히 빈 껍데기만 남은 느낌입니다.

아이짱이 한 말에도 반응하지 않는 것을 보면 아무래도 오늘은 일단 돌아가게 하는 편이 나을 것 같습니다.

나는 토다 감독만 슬쩍 베란다 쪽으로 데리고 갔습니다.

"오늘은 좀 무리인 모양이네요. 처음 만난 저한테 다 이야기하라는 것은 나이도 있는 만큼 어려운 주문이겠죠. 언제든 이야기를 들을 수 있으니까 입원 전이든 입원 후든 다시 찾아와 주세요."

나는 '편지센터 Heaven 노노우에 준이치' 라고 쓰인 명함을 주면서 말했습니다.

방 안을 보았더니 고개를 푹 숙이고 있는 유지와 어두운 표정으로 그런 유지를 내려다보고 있는 미호가 조용한 'Heaven' 의 방 안에 쓸쓸하게 서 있는 모습이 보였습니다.

2. 여름 구름

한여름을 느끼게 하는 무더운 아침. 간호사 대기실에 주기 위해 쓰키지에서 '모스케 경단'을 산 나는 평소처럼 자전거로 암센터를 향해 달렸습니다.

"아차, 까먹었네!"

나미요케 신사에 들러서 참배하는 것을 잊어먹고 왔던 것입니다. 2년 이상이나 계속해 온 일과인데도 아직껏 일주일에 한번 정도는 깜박 잊어버리곤 합니다.

허겁지겁 되돌아갔더니 천장의 큰 사자가 우리 속에서 이쪽을 노려보고 있었습니다. 나는 이 3미터나 되는 큰 사자를 '바다사자' 라고 부르며 사이좋게 지내고 있습니다.

이번 주의 말씀은

'소란스럽고 바쁘게 생활하고 있는 사람은 그것이 현명하고 칭찬받아 마땅한 생활이라고 생각할지 모른다. 그러나 지혜는 고요한 물속에서만 찾을 수 있는 진주와도 같은 것이다.'

으음, 오늘도 여전히 심오하군.

암센터에 갔더니 미즈호 씨가 유지가 입원했다는 소식을 알려 주었습니다. 입원실은 단기 입원 층인 13층의 4인실. 그다지 전망이 좋지 않은 방입니다.

그 사이 심경이 더욱 악화되어 있지 않기를 바라면서 유지가 'Heaven'에 찾아오기를 손꼽아 기다렸습니다.

그러던 어느 날 미즈호 씨가 유지를 문병하러 온 미호를 보고는 19층까지 데리고 왔습니다. 듣자하니 미즈호 씨는 미호의 모습을 거의 매일 보았는데 너무도 헌신적인 그녀의 모습이 자꾸 마음에 걸렸다는 것이었습니다.

미즈호 씨는 미호를 유람선의 스위트 갑판 같은 모양으로 만들어진 '편지센터 Heaven'의 실외 갑판으로 데리고 갔습니다.

"학생 이름이 미호 맞지? 유지는 좀 어때?"

내가 그렇게 물었더니 미호는

"저, 별로……."

안절부절못하는 모습의 미호에게 미즈호 씨는 하와이언 커피를 한잔 따라주었고, 미호가 한 모금 마시고 심호흡하는 것을 확인한 다음에 솔직하게 질문을 던졌습니다.

"저기, 미호 학생. 혹시 유지 때문에 고민 많이 하고 있는 것 아닌가?"

미즈호 씨는 13층의 간호사를 통해 유지에 대한 것, 그리고 미호에 대한 것을 이미 들어서 알고 있었던 것입니다.

유지의 어머니는 파트타임으로 일하고 있어서 좀처럼 문병을 오지 못합니다. 그래서 유지의 병원 시중은 모두 미호가 해 주고 있는 것입니다.

병원 밥에 싫증을 내는 유지에게 평소에 좋아하던 타코야키(문어를 넣어 공처럼 만든 빈대떡)인 '쓰키지 긴다코'랑 야키소바(일본식 볶음국수) 등을 부지런히 날라다 주기도 하고, TV 카드를 사러 가기도 하고, 빨래를 해서 깔끔하게 개어 캐비닛에 넣어 주기도 합니다.

그래도 유지는 미호에게 고맙다는 소리 한마디 하는 일이 없었습니다. 매니저에다 소꿉친구이기도 한 미호가 자기를 위해 그 정도 하는 것은 당연하다는 식이었습니다. 더구나 암 노이로제 기가 있기 때문에 말도 거의 없고, 보지도 않는 TV만 하루종일 틀어놓곤 했습니다.

암센터의 침대에 파란 일본 대표 선수 운동복 차림으로 누워 있는 유지는 경기장을 열심히 뛰어다니던 그 유지와는 전혀 다른 사람처럼 보일 정도였습니다.

미호는 1층에 있는 암 관련 서적 도서실을 찾아가 암 노이로제나 암 환자의 마음을 보살피는 방법에 대해서 알아보려고 했습니다.

그러나 일본에서는 이 분야의 연구가 워낙 뒤처져서 그런지 좋은 참고 문헌을 찾지 못했고, 겨우 찾은 것도 거기에 대해서 몇 페이지 정도밖에 나와 있지 않은 「마음의 병 사전」같은 책이어서 도저히 만족할 만한 수준이 아니었습니다.

어떻게 유지를 격려해 주어야 할지, 어떻게 하면 용기를 북돋워줄 수 있을지……. 미호는 진지하게 고민하고 있었습니다.

또 한 가지 미호를 신경 쓰게 하는 일이 있었습니다. 그것은 유지한테 가끔씩 화려하게 차려입은 여성이 찾아온다는 점이었습니다.

그 여성은 하이힐에 짙은 화장을 한 차림으로 나타났습니다. 그럴 때면 유지는 아주 반가운 기색이었고, 거의 유일하게 웃는 얼굴을 보이곤 했습니다.

그 여자는 미호를 간병인쯤으로 여기고 있는지 옆에 있건 없건 상관하지 않고 무시해버립니다. 유지와 그 여성이 하는 이야기를 통해서 그 여성이 레이라는 이름이라는 것만은 알 수 있었지만, 그것 말고는 고등학생인지 대학생인지, 도대체 어떤 사람인지 도무지 알 수 없었습니다.

미호는 마음이 편치 않았지만 유지한테 이제 더 이상 오지 말라는 소리를 들을까 겁이 나서 누구냐고 따져 묻지도 못했습니다. 그래서 유지의 웃는 모습을 볼 수만 있으면 다행이지 하고 생각하려고 애쓰며 아무 말도 하지 않았다고 합니다.

다만 가끔씩 옆 침대에 있는 노부 씨가 미호의 마음을 헤아려서 그러는지

"어이구 사이가 무지 좋구먼. 좋~을 때야."

하고 유지와 레이라는 여성의 분위기에 찬물을 끼얹곤 했습니다.

"그나저나 향수 냄새 때문에 숨이 다 막히겠네. 암 환자한테 향수는 독이나 마찬가지인데. 항암제 치료로 체력이 떨어진 사람은 냄새에 민감해서 향수 냄새만 가지고도 토할 수가 있거든."

하고 더욱 딴지를 걸어서 그 여성을 쫓아내 준 적도 있었습니다.

미호는 오로지 유지를 위해 모든 정성을 다 쏟았습니다. 그것 말고는 무엇을 해야 좋을지 몰랐기 때문입니다. 그리고 "제발 암이 아니게 해 주세요." 하고 매일 나미요케 신사로 가서 기도했습니다.

심성이 곧고, 남자답고, 씩씩했던 초등학생 때의 유지. 돈이나 명예보다도 남들에게 기쁨을 주기 위해 열심히 뛰고 싶다고 말하던 유지…….

미호는 유지가 언젠가는 예전의 그 모습으로 돌아와 줄 것이라고 진심으로 굳게 믿고 있었습니다.

미즈호 씨는 그런 두 사람의 상태를 13층의 간호사한테 듣고 도저히 그냥 두고 볼 수가 없어서 미호를 여기로 데리고 왔던 것입니다.

미즈호 씨가 말을 이었습니다.

"이런 말을 한다고 너무 기분 나쁘게 생각하지는 말고. 미호는 헌신적으로 돌봐주고 있는데 유지는 신경도 쓰지 않고 그냥 그 마음을 이용하고 있는 것처럼 내 눈에 보이는데 그렇지 않니?"

슬픈 표정으로 당장이라도 울음을 터뜨릴 것 같던 미호

는, 그래도 간신히 고개를 숙인 채 입을 꼭 다물고 참고 있었습니다.

"어째서 그렇게 미호만 일방적으로 유지한테 잘해 주는 거지? 좀 더 서로가 서로를 생각하고 위해 주는 보통 관계가 되는 게 좋지 않을까? 이대로 가다가는 미호 혼자만 상처받고, 유지한테는 하녀 같은 대접을 받다가, 나중에 필요 없어지면 버림받게 될 텐데……. 이런 식으로 말해서 미안하구나. 아무튼 미호나 유지나 둘 다한테 지금 같은 관계는 바람직하지 않다고 생각하는데?"

미호는 입을 꾹 다물고 있었지만 미즈호 씨는 미호가 자기 입으로 말하기 시작할 때까지 가만히 기다렸습니다. 상대방의 입을 열게 하는 것. 이것이야말로 미즈호 씨가 이제까지 경험으로 배운 임상 현장의 철칙이기 때문입니다.

그러자 미호는 고개를 약간 들더니 말했습니다.

"유지는 원래 그런 애가 아니었어요."

미즈호 씨는 이제야 겨우 입을 열기 시작한 미호를 바라보았습니다.

"전 초등학교 때 아빠 직장 때문에 학교를 옮겼는데 그때 유지랑 처음 만났어요. 초등학생 때 유지는 저렇게 신경질적이지도 않았고, 너무 어른 같지도 않았고, 항상 짜증만 내는 애도 아니었어요. 그냥 순수하게 몸을 움직이는 운동을 좋아하고, 공부도 열심히 하고, 학생회 활동도 잘해서 모두들 좋아하고 동경하는 아이였지요.

전 그때 뚱뚱했기 때문에 놀림을 당했어요. 다들 초등학생이어서 아무 생각 없이 무척 잔인한 말로 절 놀려대곤 했어요. '뚱보야, 뚱땡이야' 하고 다른 애들이 놀려대면 전 항상 울어버리고 말았지요.

그 학교로 전학한 지 얼마 되지 않아서 아무도 도와주지 않았고, 남자아이들을 상대로 싸울 용기 같은 것은 처음부터 있지도 않았고요.

그랬는데 어느 날 제 앞을 막아서더니 저를 놀리던 아이를 때려준 남자애가 유지였어요.

그때부터였어요. 유지가 몰래 뒤에서 제가 다른 애들한테 놀림을 당하지 않도록 배려해 주었지요.

유지는 자기가 그런 일을 했다는 말을 한마디도 한 적이 없었기 때문에 처음에는 전혀 몰랐는데 얼마 뒤에 친구한테 그 이야기를 듣고 전 너무 기뻤어요.

유지는 그때까지 몇 번 전학을 한 적이 있었는데, 그때마다 이리저리 시비를 걸어오는 애들을 상대한 경험이 있어서 저를 도와준 것이라는 사실도 점차 알게 되었어요.

저희는 집이 근처이기도 해서 가끔씩 같이 집에 갈 때가 있었어요. 그럴 때 유지는 장래의 자기 꿈에 대해 이야기해 주었어요.

자기는 앞으로 세계적으로 유명한 프로 축구 선수가 되어서 몸이 약한 어머니한테 효도를 할 거다, 축구 선수로서 일류가 되는 것은 물론이고 고생하는 아이들을 위한 자선활동 같은 것도 적극적으로 해서 인간적으로도 존경받는 축구 선수가 되고 싶다고요. 그런 활동에 적극적으로 관여하고 싶다고 열정적으로 이야기하곤 했지요."

"그랬구나."

미즈호 씨는 천천히 몇 번씩 고개를 끄덕이면서 미호의 이야기를 들어주었습니다. 미호가 말을 이었습니다.

"빈스 매카시(랜스 암스트롱 Lance Armstrong이라는 실제 인물을 모델로 한 이야기로 보임—역주)라는 미국의 프로 자전거 선수 이야기도 해 주었어요. 그 사람은 그때까지 유럽인이 아니면 딸 수 없다고 했던 투르 드 프랑스(Tour de France)라는 세계 최고의 사이클 경주에서 우승한 사람이래요.

하지만 그렇게 될 때까지 무척 고생을 많이 했다고 해요.

젊었을 때 고환암에 걸려 죽을 뻔하기도 했고, 수술과 치료 때문에 그때까지 쌓았던 명성을 모두 잃어버리고 자식을 낳기 위한 정자까지 잃어버렸대요.

하지만 생존율이 10퍼센트도 안 되었는데 끝까지 병을 이겨내고, 다시 자전거를 타기 시작했대요.

처음에는 아마추어한테도 질 정도의 속도밖에 내지 못했지만 그 후로 맹렬한 훈련을 거듭해서 투르로 돌아가 유럽인이 아닌 사람으로는 처음으로 투르 드 프랑스 대회 우승을 이루어냈고, 그 연속 우승 기록은 6년이 지난 지금도 계속되고 있다고 해요.

정자은행에 맡겨두었던 얼마 안 되는 정자로 애인을 통해 아들까지 낳았다고 하네요.

불치병, 난치병에 걸린 사람들에게 용기를 주기 위한 기금도 만들었대요.

그 사람은 '내 본업은 자전거가 아니다. 하늘이 주신 진짜 사명은 빈스 기금(암스트롱 재단을 모델로 함-역주)을 통해 병으로 고생하는 사람들, 괴로워하는 사람들에게 조금이나마 도움을 주는 일이다'라고 자서전에도 썼다고 했어요."

"그 책은 나도 읽은 적이 있어. 정말 감동적인 투병기지."

미즈호 씨도 빈스의 성공담에 감동한 사람들 중의 하나였습니다.

"유지는 진짜로 그 빈스라는 사람을 만난 적이 있대요.

'열살이 되면 어디든 네가 가고 싶은 곳에 데려다 주겠다' 고 한 아버지의 약속 덕분에 유지는 하와이로 가족여행을 갔어요. 교과서에 나온 하와이의 킬라우에아 화산이 꼭 보고 싶어서 망설이지도 않고 하와이에 가자고 했대요.

마침 그 시기에 하와이 섬에서는 자선 사이클 경주가 열리고 있었다고 하네요.

아무것도 몰랐던 유지는 이른 아침에 아버지가 깨워서 일어났대요. 아버지를 따라서 할 수 없이 몇 분 걸어갔더니 거기가 경주의 스타트 라인이었대요.

아버지가 '저기 좀 봐라' 라고 하셔서 졸린 눈을 비비면서 쳐다봤더니 거기에 늘씬한 몸에 노란 경기복을 입은 빈스가 시작 신호를 기다리고 있더래요.

유지는 갑자기 정신이 번쩍 들면서 '빈스다!' 하고 소리쳐 버렸대요.

아버지는 유지가 빈스를 존경하고 있다는 것을 알고 계셨어요. 유지에게 빈스 실물을 보여주어서 사람은 하려고 마음만 먹으면 아무리 힘든 고난도 극복할 수 있다, 최선을 다하면 어떤 일이든 이루어진다는 것을 직접 느끼기를 바라셨던 거지요.

경주가 끝난 후에 골 지점으로 이동한 유지와 아버지는

빈스를 찾았대요.

당시 열살이었던 유지는 요리조리 사람들 사이로 파고들어서 땀에 흠뻑 젖어 있는 빈스에게 다가갔대요. 유지는 너무 흥분해서 몸이 덜덜 떨렸지만 그래도 용기를 쥐어짜서 오른손을 내밀었대요.

그랬더니 빈스가 웃는 얼굴로 악수해 주면서 왼손으로는 유지의 머리를 쓰다듬어 주었대요.

그 당시의 유지는 그렇게 마음이 따뜻한 프로 운동 선수가 되고 싶어 했어요. 일본의 스포츠 선수들이 계약금을 따지면서 '우리에 대한 평가는 금액으로 나타날 수밖에 없습니다.' 라고 말할 때마다 너무 슬퍼졌대요.

'어째서 일본에는 빈스 같은 선수가 없는 걸까? 일본에는 돈을 많이 벌려고 프로 운동 선수가 된 사람들밖에 없는 건가? 정말 꿈도 희망도 없는 거잖아' 라고 불평하곤 했어요.

전 그런 유지의 정의감 넘치는 진지하고 착한 행동에 마음이 끌리게 되었어요.

그래서 망설이지 않고 유지가 소속되어 있는 축구부 매니저가 되었지요.

유지는 축구부 애들 모두의 신뢰를 받았고, 유지를 위해서라면 열심히 할 수 있다며 모두 한마음이 되었습니다. 덕분에 초등학생 전국대회에서 우승했고, 주장이었던 유지는 그 무렵부터 축구계에서 주목을 받는 존재가 되었지요."

"그렇게 어렸을 때부터 유명한 축구 소년이었구나. 그런데 어쩌다가 저렇게 되어버렸을까? 내 눈에는 암 노이로제 때문에 그렇게 된 것 같지는 않아 보이는데……."

미즈호 씨는 유지의 소년 시절을 알게 되자 더욱 그 아이의 태도, 그리고 미호의 일이 걱정스러운 모양이었습니다.

"맞아요. 초등학교 6학년 때 유지가 갑자기 학교를 떠나버린 거예요. 정말 날벼락 같은 일이었지요.

축구부 애들은 망연자실해서 아무도 더 이상 축구에 힘쓰는 사람이 없을 정도로 상실감이 컸고, 저는 그보다도 더 슬퍼하고, 걱정하고, 괴로워했어요.

'왜 갑자기 없어져버린 것인가? 어째서 나한테 아무 말도 없이 전학을 갔을까?'

저는 교무실로 달려가서 선생님들께 물어보았지만 아무도 저한테 제대로 된 사실을 가르쳐주지 않았고, 다들 입만 꾹 다물고 있었어요. 다만 항상 저에게 잘해 주신 양호 선생님만 진지한 표정으로 이렇게 말해 주었어요.

'이건 그냥 떠도는 소문인데 아버지의 일 때문에 낭상 전학을 가지 않으면 안 될 사정이 생겼다고 하더라.'

그 뒤로 저는 초등학교를 졸업할 때까지, 아니 토도 고등학교에서 다시 유지의 모습을 볼 때까지 4년 동안 계속 유지를 잊지 못하고 있었어요. 그 정도로 유지와 함께 보냈던 시간들은 소중했고, 즐거웠고, 그렇기 때문에 같이 있지 못하는 상실감은 이루 말할 수가 없었지요.

저는 유지랑 어딘가에서 다시 만날 수 있을지도 모른다는 생각에 중학교 때도 축구부 매니저가 되었고, 고등학교에 진학할 때도 부모님의 반대를 무릅쓰고 토도 고등학교로 들어가서 다시 축구부 매니저가 된 거예요.

제 소원은 이루어졌지요. 고등학교에서 유지랑 꿈같은 재회를 하게 되었으니까요.

하지만 다시 만난 유지는 초등학교 때의 유지가 아니었어요. 완전히, 예전에 자기가 제일 싫어하던 운동 선수, 아니 그 이상으로 돈을 따지는 자기중심적인 사람으로 변해 있더라고요.

한참 뒤에 알게 된 일인데 초등학교 때 전학을 갔던 이유는 아버지 사업이 망해서 몰래 도망쳐야 했기 때문이었다고 합니다.

유지의 아버지는 사업 때문에 생긴 빚의 부담을 가족들에게 지우지 않기 위해 병약한 어머니와 이혼했고, 유지는 그 뒤로 친척집을 전전하며 살았다고 했어요."

나도 미즈호 씨도 어느 새 미호의 이야기에 푹 빠져 있었습니다.

"그랬구나. 유지의 과거를 몰라서 난 그냥 어린 나이에 축구 선수로 유명해지더니 하늘 높은 줄 모르고 콧대만 세진 것이라고 생각했었지."

미호는 천천히 고개를 저었습니다.

"미호야, 유지한테 여기에 와 보라고 해 줄 수 없겠니? 여러 가지 면에서 힘이 되어 줄 수 있을 것 같은데."

미호의 이야기를 듣고 나는 더욱 유지의 이야기를 들어 보고 싶어졌습니다.

"입원한 다음부터 계속 '19층에 가 보지 않을래?' 하고 여러 번 말해 보았는데 '거기 가 봤자 암이 낫는 것도 아니고, 암이 아니라는 보장이 생기는 것도 아닌데 뭐하러 가냐?' 하면서 꿈쩍도 않으려고 해서요."

나와 미즈호 씨는 한숨을 내쉬면서 미호를 바라보았습니다.

하지만 동시에 무언가 한 가지 계기만 생기면 분명히 유지는 예전처럼 정의감 넘치는 아이로 돌아갈 수 있겠구나 하고, 미호의 이야기를 들으면서 직감적으로 그렇게 깨달았습니다.

미호가 'Heaven'에서 나간 뒤로도 나는 유지에 대해 계속 생각하고 있었습니다.

그냥 가만히 앉아서 유지가 여기에 올 때까지 기다리고만 있을 것인가, 의사로서 뭔가 할 수 있는 일은 없는가 하고 궁리하면서.

나는 한참을 고민한 끝에 결심을 하고는 유지의 병실로 찾아가 보기 위해 자리에서 일어섰습니다.

유지가 있는 13A 병실 문 앞에 서서 크게 심호흡을 한 다음 문을 살짝 당겨서 열어 보았더니 침대에서 몸을 반쯤 일으켜 창문 쪽을 멍하니 바라보고 있는 유지의 모습이 눈에 들어왔습니다.

그리고 그 옆에는 미호가 아니라 화려한 핑크색 재킷에 검은 미니스커트 차림을 하고, 뭐라고 묘사하기 힘든 이상한 파마를 한 갈색머리의 여성이 파이프 의자에 다리를 꼬고 앉아 잡지를 읽고 있었습니다. '저 여자가 미호가 말하던 레이라는 사람이군' 하고 금세 알아차렸습니다.

내가 "유지" 하고 부르려고 다가가자 유지가 이쪽으로 고개를 돌리더니 약간 놀란 표정을 지었습니다. 레이라고 짐작한 여성은 미간에 주름을 지으면서 내 쪽을 쳐다보고 있었습니다.

"아, 그래. 좀 어떤가, 다리 쪽은?"

나는 더듬더듬 유지에게 물어보았습니다. 그러나 유지는 내 쪽을 바라보던 시선을 다시 창문 쪽으로 돌려버렸습니다. 완전히 무시당한 꼴입니다. 나는 몸도 마음도 순간적으로 굳어버릴 것 같았는데 그때 레이라고 짐작한 여성이 사나운 말투로 물었습니다.

"당신 누구예요? 그런 꼴로 여기서 뭐하는 거야?"

전통 작업복에 짚신 차림인 내 모습을 보고 놀라서 그랬는지 깔보고 그랬는지 그 여성이 나에게 물었습니다.

"아, 그, 그게, 저는 여기 19층에서 '편지센터'를 운영하고 있는 노노우에 준이치라고 하는데……."

요즘 젊은 여성들은 모두가 그런 것일까요? 이목구비는 뚜렷하니 예쁘장한데 말 씀씀이가 아주 엉망입니다. 처음 보는 사람한테 이런 식으로 따져 묻는 현대식 여성한테 한마디 따끔하게 해 주고 싶은 마음도 들었지만 실제로 그런 짓을 할 용기가 없었습니다. 나는 어물어물 대답할 수밖에 없었습니다.

"편지센터? 그게 뭐예요? 편지센터랑 그 옷이랑 무슨 상관이 있는데? 니무 촌스럽다."

자리에서 일어선 그 여성은 당황해하는 나에게 칼을 꽂듯이 사정없이 떠벌렸습니다. 유지는 여전히 창문 쪽만 말없이 쳐다보고 있을 뿐입니다.

"아, 아니, 그게, 편지센터라는 건 환자 분을 대신해서 가족들이나 친구들에게 편지를 써 주는 곳인데, 이 차림은……, 뭐 특별히 일하고 상관은 없지만, 제가 좋아해서 입는다고나 할까, 그러니까……."

"어엉? 뭔 소리를 하는 건지 원. 그래서 유지한테 무슨 볼일인데요?"

말투가 더욱 사나워졌습니다. 나는 도저히 견딜 수가 없었습니다.

"아아, 그게……. 전에 19층에 있는 그 편지센터로 왔을 때 '마음속에 있는 이야기를 전부 털어놓는 게 좋겠다'고 유지한테 말해 두었는데……, 그 뒤로 한 번도 와 주지 않아서……, 어떻게 지내나 싶어 걱정이 되어서 왔는데……."

나는 조금씩 뒷걸음질 치면서 그렇게 대답했습니다.

"에에? 무슨 상담사나 되는 것처럼 그러네. 의사나 상담사나 아무짝에도 쓸모가 없으면서. 도대체 뭘 어떻게 해 줬는데? 아니, 다리를 치료해 준 것도 아니고, 그동안 병원에서 해 준 게 뭐야? 유지는 이 병원에 오고부터 계속 저렇게 우울해 하는데! 유지는 아무하고도 이야기하고 싶지 않으니까 당장 나가요! 그리고 다시는 얼씬도 하지 말라고!"

대단한 기세였습니다. 그 여자는 의사나 상담사한테 무슨 원한이라도 있는 것일까요?

더 이상 뭐라고 대꾸를 할 수가 없었습니다. 나는 도움을 청하려고 유지를 바라보았지만 도대체 이쪽에서 하는 대화가 아예 들리지 않는지 여전히 먼 산만 멍하니 바라보고 있을 뿐이었습니다.

나는 이유도 없이 "죄송합니다" 하고 사과하면서 도망치듯이 13A에서 나왔습니다.

"어째서 저렇게 열살도 더 어린 젊은 여자한테 욕을 얻어먹어야 하는 거야? 유지가 걱정되어서 일부러 용기를 내어 찾아갔는데……. 그런데 어째서 난 한마디도 대꾸를 못하는 건지. 어휴, 한심해……. 에이, 제기랄……."

나는 복도를 종종걸음으로 걸으면서 작은 목소리로 투덜거렸습니다. 19층의 'Heaven'까지 가는 길이 이상할 정도로 길게 느껴졌습니다.

'그나저나 유지 일도 걱정이지만 저 레이라는 여자애도 뭔가 좀 미심쩍네. 정신적으로 좀 문제가 있는 사람처럼 보이던데. 내가 잘못 생각하는 건가?'

'Heaven' 앞에 당도해서 한시름 놓인 나는 정신과 의사

111

입장에서 그 여성에 대해 생각하고 있었습니다.

그날 일을 모두 마치고 귀가했더니 "월, 월, 화, 수, 목,
금, 금……"하고 언제나 들리는 군가 소리가 또 들려왔습니
다. 장인이 뜰에서 웃통을 다 벗고 제일 좋아하는 노래를 들
으면서 건포마찰을 하고 있는 것입니다.

조용히 2층으로 올라가려고 하는 찰나에 날카로운 시선이
등에 꽂혔습니다.

"앗, 장인어른, 다녀왔습니다. 밤에도 건포마찰을 시작하
셨나 보네요."

"그럼, 당연하지. 너도 그렇게 삐쩍 마른 몸을 해 가지고
는 생전 가야 참치를 만져 보지도 못하겠다. 편지 대필이니
뭐니 계집애들이나 할 짓에 매달려 있지 말고 빨리 몸이나
좀 단련해서 참치 해체하는 것도 돕고 그래야지!"

"예, 예에……."

나는 잔뜩 얼어서 그렇게 대답만 하고는 2층에 있는 우리
집으로 달려 들어갔습니다.

장인어른은 정말 자기중심적인 사람입니다. "나쓰코랑 결
혼하려면 미용사부터 때려치워"라고 해서 당장 그날로 그만
두었고, 다음에는 당신이 원하던 대로 우울증에 걸리면서까

지 열심히 공부해서 의사가 되었더니 이번에는 가업인 참치 해체를 도우라니……. 정말이지 대책이 서지 않는 사람입니다.

"아빠, 다녀왔어요?", "아빠, 다녀왔어요?"하고 쌍둥이 딸, 키요미와 하루미가 이중창으로 맞아 주었습니다.

두 아이한테 "엄마는?"하고 물었더니 "카나리아의 겐조 할아버지하고 전화하고 있어"라는 대답이 돌아왔습니다.

나쓰코의 조부인 겐조 할아버지는 스페인령 카나리아 제도에서 참치 중개회사를 경영하고 있습니다. 그곳에는 일본인 가족들이 100세대 정도 살고 있는데 겐조 할아버지는 이주민 제1기이자 참치 공수에 성공한 일인자이기도 합니다.

마침 나쓰코가 즐거운 얼굴로 할아버지와 통화를 끝내고 전화를 끊은 참이었습니다.

"어머, 당신, 어서 와요. 오늘도 편지 대필을 하느라 수고가 많으셨네요."

언제나 밝고 명랑한 나쓰코는 수화기를 놓고 부엌으로 들어갔습니다. 오늘 저녁밥은 장인어른의 마루킨 수산에서 들여온 싱싱한 어패류가 그득한 부야베스(bouillabaisse, 생선을 모둠 찌개 식으로 익힌 프랑스 마르세유 지방의 명물 요리-역주)인 모양입니다.

"어때요? 일은 잘돼?"

"으음, 글쎄, 순조롭다면 순조롭다고 할 수도 있고, 그렇다고 걸리는 일이 없는 것은 아니고……."

"어머, 무슨 일이 있었나 보네? 혹시 전에 얼핏 이야기하던 유지라는 남자애 일이에요?"

나쓰코는 정말 눈치가 빠릅니다. 정신과 의사인 나보다도 훨씬 더 남의 마음을 잘 꿰뚫어 보는 것 같습니다.

"맞아. 오늘 유지가 소속되어 있는 축구부의 매니저이고 소꿉친구이기도 한 미호라는 여학생 이야기를 들었거든. 고등학교 축구 선수로는 일류로 손꼽히는 친구여서 너무 자기 잘난 줄만 알고 좀 상대하기 어려운 애라고 생각했는데 그 미호라는 여학생 이야기를 들어보니까 원래는 정말 심성이 착했던 모양이더라고.

그런데 그 이야기를 듣고 유지의 병실에 가 봤더니 거기에 요즘 식으로 화려하게 꾸민 여자애가 와 있었는데 얼마나 사납게 대들던지. 난 워낙 그런 사람들은 상대하지 못하잖아. 내 참 황당해서……. 유지한테는 아무 이야기도 듣지 못하고 그냥 쫓겨 나오고 말았지 뭐."

나는 식탁에 앉으면서 반찬으로 참치 무침을 만들고 있는 나쓰코의 등에다 대고 말했습니다.

"아니, 쫓겨 나왔다고요? 정말 사나운 사람이었나 보네.

당신 힘들었겠다. 그런 상태면 유지한테 이야기도 듣지 못할 판이잖아."

"그렇다니까. 유지가 알아서 'Heaven'에 와 줄 때까지 마냥 기도하면서 기다리는 수밖에 없겠지?"

"그러네. 그럴 수밖에 없을 것 같네요, 뭐."

나쓰코는 그렇게 대답하더니 "키요미, 하루미, 와서 저녁 먹어야지."하고 불렀습니다.

나는 유지가 놀림을 당하던 미호를 구해 준 일, 빈스를 동경하던 일, 하와이에서 그 빈스를 직접 만난 일, 그리고 밤중에 도망치듯이 이사한 일 등 미호에게서 들은 이야기를 간추려서 나쓰코에게 말해 주었습니다.

"그런 일이 있었구나. 하지만 그 아이는 암 노이로제 기가 있다면서요? 어떻게든 도움을 줄 수 있으면 좋을 텐데."

"내 말이 바로 그거야. 그 아이를 격려해 줄 방법이 어디 없을까? 아직 젊으니까 뭔가 하나라도 계기가 생기면 다시 일어설 수 있을 텐데……."

내가 턱을 괴고 생각하고 있으려니까 옆에서 듣고 있던 하루미가 "빈스가 누구야? 빈스가 누구야?"하고 끈질기게 물었습니다.

"빈스라는 사람은 자전거 타기 세계 챔피언이야. 아주 큰 병에 걸렸었는데 그걸 이겨냈어."

하루미는 "흐응" 하더니 더 이상 흥미가 없어진 모양입니다.

나쓰코가 중얼거렸습니다.

"빈스의 사인을 받으면 어떨까?"

"으음, 좋은 생각이기는 한데 어떻게 해야 할 지 전혀 감도 못 잡겠는걸."

내가 머리를 두 손으로 싸매자

"그러고 보니까 니노미야 선생님은 미국에서 유학하신 적이 있지 않았나? 시간이 걸릴지도 모르지만 어딘가에서 빈스랑 연결이 되는 사람이 있을 수도 있잖아요. 그러면 사인이든 뭐든 받아올 수 있을지도 모르고."

"아니, 그건……. 설사 그렇게 해서 알음알음 연결되는 사람이 있다 쳐도 니노미야 선생님한테 부탁했다가는 일이 너무 커질 것 같은데. 그럴 바에는 차라리 미국에서 일한 적이 있는 미즈호 씨한테 물어보는 편이 낫지."

나쓰코도 가끔씩 엉뚱한 소리를 합니다. 하필이면 니노미야 선생님이라니…….

"그럴지도 모르겠네요." 하더니 나쓰코는 부야베스와 무침을 맛있게 먹었습니다.

그날 밤에는 잠이 들 때까지 그 생각으로 머릿속이 가득

차 있었습니다.

 이튿날, 미즈호 씨한테 유지에 대한 내 생각을 말해 보았습니다. 미즈호 씨는 내 생각에 전적으로 찬성해 주었습니다. 하지만

 "안타깝지만 빈스랑 연결이 될 만한 사람은……."

 그야 그렇겠지요. 그렇게 간단하게 빈스랑 연결이 될 리가 없습니다. 뭐니 뭐니 해도 상대는 투르 드 프랑스를 몇 번씩이나 제패한 세계적인 선수 빈스 매카시니까요. 일개 정신과 의사가 이리저리 좀 알아 본다고 해서 사인이니 뭐니 쉽게 부탁할 수 있을 리 만무한 것이 당연합니다.

 "둘이서 왜 그렇게 뭐 씹은 표정들을 하고 있는 거야? 또 어디서 이상한 환자라도 나타났나?"

 또 푸념을 늘어놓으러 온 것일까요? 아니면 '학원천국'을 열창하러 온 것일까요? 최악의 타이밍으로 니노미야 선생님이 등장했습니다. 이 이야기를 제일 들려주고 싶지 않은 사람이 나타나버린 것입니다.

 "아니, 그런 건 아니고……."

 나도 모르게 우물우물 넘어가려 했습니다. 그런데 미즈호 씨가 대뜸 말을 꺼내버렸습니다.

"맞아요. 니노미야 선생님이라면 혹시 누구 아는 분이 있을지도 모르겠네요."

아아……. 나는 크게 한숨을 쉬었습니다.

"뭐야, 뭐야? 뭔가 인생이 좀 살맛 나게 될 만한 재미있는 얘기라도 있는 거야?"

"아니, 그런 게 아니에요. 그나저나, 오늘도 여기 노래 연습하러 오신 거예요?"

나는 엉겁결에 화제를 바꿨습니다. 그런데 미즈호 씨가 주절주절 전후사정을 이야기하기 시작한 것입니다.

대강 이야기를 들은 니노미야 선생님은 "뭐야, 겨우 그런 일이야" 하더니 자랑스럽게 말하기 시작했습니다.

"사실은 말이야, 빈스의 주치의가 누구냐 하면 내가 존스 홉킨스에 유학했을 때 선배 의사란 말씀이지. 뭐, 미국이니까 선배니 후배니 하는 고리타분한 개념은 없지만 그래도 그 인간한테 내가 꽤나 시달렸지."

"저, 정말이에요?"

나도 모르게 내 귀를 의심하면서 물었습니다.

"너, 내가 누군지 알기나 하는 거야? 이 몸이 바로 신의 손이라 불리는 니노미야란 말씀이지. 내 이름은 세계적으로 통한단 말이야."

한순간 '역시 니노미야 선생님은 대단해!' 하고 감탄했는데, 곰곰이 생각해 보니 뭔가 꺼림칙한 느낌이 들었습니다. 이대로 가다가는 잘난 척한답시고 그 주치의를 통해서 빈스에게 내가 바라지도 않는 엉뚱한 부탁까지 해 버릴 기세입니다.

"하지만 니노미야 선생님은 그 주치의랑 오랫동안 연락도 하지 않고 지냈을 것 아니에요? 더구나 그렇게 시달렸으면 부탁하기도 힘들지 않겠어요? 니노미야 선생님도 그 사람한테 머리를 숙여서 부탁하고 싶지는 않으실 거잖아요."

나는 어떻게든 니노미야 선생님의 흥분을 가라앉히려고 해 보았지만

"무슨 소리를 하고 있는 거야. 나도 가끔씩은 'Heaven'의 일을 도와줘야지. 혹시 너 혼자서 잘난 척을 다하려고 그러는 건 아니겠지?"

이제 도저히 말릴 방법이 없어졌습니다. 나는 다시 큰 한숨을 쉬었습니다. 니노미야 선생님은 "내가 알아서 할 테니까 걱정 마!"하고 떵떵거리며 큰 소리를 친 다음 'Heaven'에서 나갔습니다.

힘없이 어깨를 늘구는 내 옆에서 미즈호 씨는 주먹을 불끈 쥐고 승리의 포즈를 취했습니다. 도대체 일이 어떻게 되

려는지……．

　맑게 갠 주말, 나는 니노미야 선생님과 함께 일시 퇴원해
있는 노부 씨를 만나러 쇼난의 모리토 해안까지 찾아갔습니
다. 니노미야 선생님은 빈스에 대한 내 불안 같은 것은 아랑
곳하지도 않는 듯 오랜만에 와 보는 바다를 앞에 두고 한껏
들떠 있습니다.

　"어어, 저기 있네, 저기 있어."

　노부 씨는 평소에는 침대에 누워 축 늘어져 있지만 컨디
션이 좀 괜찮은 날에는 하야마나 쇼난의 방파제에서 취미인
낚시를 한다고 합니다. 이제 요트를 타고 바다로 나갈 만한
체력이 안 되는 남편한테는 그 시간이 제일 즐거운 모양이
라고 유코 부인이 말해 주었습니다.

　바다가 아직까지도 남편의 생명에 커다란 면역력을 불어
넣어주고 있다는 사실을, 바다와 더불어 지낸 오랜 시간들
을 통해 유코 부인도 알게 된 것이겠지요.

　그런데 카키색 콜롬비아 스포츠 운동복을 입고 방파제에
서 낚시를 즐기고 있는 노부 씨의 모습을 발견한 뒤로 니노
미야 선생님은 안색이 약간 바뀌어버렸습니다.

　나도 니노미야 선생님도 카키색 재킷을 입은 노부 씨의

뒷모습을 보고 '많이 야위었구나.' 하는 생각이 들었던 것입니다.

암이 도대체 뭔가? 어째서 내 친구한테까지 달려드는 것일까? 노부 씨가 도대체 무슨 잘못을 했단 말인가? 그토록 많은 사람들에게 기쁨과 웃음과 설교를 뿌려오면서 쇼난의 태양처럼 밝게 빛나고 있던 사나이에게 어째서 신은 암 같은 병을 내렸단 말인가……?

니노미야 선생님은 노부 씨의 야윈 등을 보며 그렇게 생각했다고 합니다.

"나는 암하고 매일 싸우고 있어. 항상 저 세상이랑 싸우는 격이지. 어떻게 해서든 소중한 환자가 한 사람이라도 이 세상에 단 1분 1초라도 더 오랫동안 머무를 수 있도록 노력해 왔어.

하지만 결과는 패배의 연속이야. 치료가 되는 환자들도 많이 있고, 그렇지 않은 사람들도 있지만 언젠가는 결국 다들 저 세상으로 가게 되지.

내가 하고 있는 일이 정말로 의미가 있는 일일까?

나는 뭔가 넘을 수 없는 벽, 인간이 손대면 안 되는 벽을 향해 혼자 의미 없이 빌버둥치고 있는 것이 아닐까?"

예전에 같이 술을 마셨을 때 니노미야 선생님이 눈을 흐리면서 입 밖에 냈던 말입니다.

니노미야 선생님은 사랑하는 바다 친구를 앞에 두고 새삼 자신의 무력함을 처절하게 느끼고 있는 모양이었습니다.

그러나 곧 아무 일도 없었던 사람처럼 태연한 얼굴로 노부 씨에게 말을 걸었습니다.

"어이구, 노부 씨. 평일 대낮부터 낚시 삼매경이라니 팔자가 늘어지셨구먼."

노부 씨는 막 걸려들 것 같은 물고기에 집중하느라고 돌아보지도 않았습니다.

"이봐요, 노부 씨!"

겨우 우리를 알아차린 노부 씨는

"이야-, 니노미야 대선생님이랑 준이치 선생이 오셨네. 뭐야? 사내들끼리 둘이서 여기까지 뭐하러 온 거야?" 하며 꽤나 반가운 표정으로 말했습니다.

"무슨 섭섭한 말씀을 하시나? 이래 봬도 나도 바다 사내인데 가끔씩은 쇼난 바닷가 정도에는 얼굴을 비치고 그래야지. 이제는 애들도 십대라고 자기네 노는데 애비를 끼워주지도 않지, 마누라는 마누라대로 무슨 자격증인가 뭔가 딴답시고 몰래 학원에 다니지, 알고 보면 40대 가장이 제일 고독하다니까."

또 평소처럼 푸념이 시작되었습니다.

"뭐야, 이거? 그런 쓸데기없는 넋두리나 늘어놓으려고 일부러 여기까지 찾아온 거야?"

"넋두리가 내 입버릇인데 어떡하나 그럼?"

"넌 의사니까 환자들한테 희망을 줘야 할 것 아냐. 거짓으로라도 좀 밝고 명랑하게 지내란 말이야. 아무튼 도움이 안 된다니까."

니노미야 선생님도 발밑을 내려다보면서 머리를 긁적이며 쓰게 웃고 있었습니다. 나이 들어서도 젊었을 때처럼 서로를 대하는 두 사람의 모습을 보고 있자니 왠지 마음이 푸근해집니다.

"너도 아이짱을 좀 본받아 봐."

"'Heaven'의 아이짱 말이야?"

"그래. 아이짱은 소아암 환자잖아. 이제 겨우 열 살밖에 안 된 애가 얼마나 힘들겠어. 수술도 받아야지, 항암제 치료도 해야지……. 그래도 애가 얼마나 밝은지 몰라. 가서 아이짱 손톱의 때라도 달여서 마셔 봐라."

아이짱은 '편지센터 Heaven'의 강력한 자원봉사 멤버인네 자기도 소아암을 앓고 있어서 몇 년 전에 출생지이자 고향인 하와이에서 어머니와 함께 일본으로 온 아이입니다.

"어째서 아이짱은 항상 그렇게 명랑할 수 있을까? 그러고 보니까 지난번에 아이짱이 아주 어려운 말을 하던걸. '자족하는 마음이 동반된 경건이야말로 큰 이익을 얻을 수 있는 길입니다' 라나?"

"흐응, 자족하는 마음이라⋯⋯."

나로서는 무슨 뜻인지 도무지 알 수가 없습니다.

노부 씨가 말을 이었습니다.

"아이짱은 어려운 말도 많이 알고 있단 말이야. 어떻게 그런 걸 알지? 그야 아이짱이 정말로 이해하고 있는지 없는지는 모르지만 마음속으로 완전히 믿고 있다는 것만큼은 느낌으로 알 수 있거든. 그러니까 나도 그 말이 진실이겠구나 하고 알 수 있는 거야. 그 말이 가짜인지 진짜인지는 니노미야 너도 신의 손이라고 불릴 정도니까 알 거 아냐. 거짓말을 알아보는 힘은 아이들 쪽이 훨씬 더 나은 것 같아."

"자족하는 마음이 동반된 경건이야말로 큰 이익을 얻을 수 있는 길이라⋯⋯. 그렇군."

보아하니 니노미야 선생님은 어렴풋이 이해가 되는 모양입니다.

"내 생각에는 말이야, 그 말은 자기 분수에 맞는 만족함을 안다는 뜻일 것 같아. 사람한테는 각자 한계라고 해야 하나,

주어진 사명이 있는데 서로 얼굴이 다른 것처럼 그 사명도 다 다르다는 거지. 의사가 되어서 봉사하는 사람도 있고, 청소하는 아줌마도 있고, 애 셋을 기르는 엄마가 되는 사람도 있는 것처럼 제각기 정해져 있다는 거야.

어쩌면 마누라를 찾는 것도 마찬가지일지 몰라. 만남 같은 건 사람의 힘으로 어떻게 할 수 있는 게 아니니까.

만남을 주선하는 전화니 인터넷이니, 내 눈으로 보자면 말짱 가짜들이야. 만남은 이 천지 만물, 바다를 창조한 하나님의 영역이란 말씀이지. 이렇게 하잘것없는 인간이 욕심만 가지고 구할 수 있는 게 아니라고. 바람이나 매한가지라서 어느 날 갑자기 주어지는 것이지. 우리는 그저 가만히 참고 그때가 오기만을 기다릴 수 있을 뿐이야. 그러다가 그날 그때 찾아온 바람에 자기를 맞추는 거지. 진실은 그저 그것 하나뿐이야."

"흐음."

나도 겨우 좀 알 것 같은 느낌이 들었습니다. 무슨 유식한 학자가 한 연설보다 그 설명이 훨씬 더 마음속에 깊이 와 닿았습니다. 아마 학교나 교과서에서 배운 지식이 아니라 마치 음식을 먹으면 그것이 자기 몸의 피와 살이 되듯이, 실세로 오랜 시간에 걸쳐서 아픈 경험을 몇 번씩 거듭하면서 노부 씨가 몸소 바다나 병을 통해 배운 일이었기 때문에 그럴 것입니다.

"이봐, 니노미야. 너 바다에 안 들어간 지 한참 되었지? 바다에 가지 않으니까 '살맛이 안 난다'는 둥 허튼 소리만 지껄이게 되는 거야. 사람은 항상 균형이 중요한 거야."

실제로 최근 몇 년 동안, 니노미야 선생님은 의사로서 유명해지면 유명해질수록 수술이나 환자를 돌보는 데 너무 바빠서 바다를 생각할 시간도 없었습니다.

"사람은 6일 동안 일하고 하루는 쉬도록 만들어져 있다고 미즈호 씨가 그러더라. 6일 열심히 일하고 난 다음에 하루를 쉬는 것이 얼마나 긴장을 풀어 주고 내일을 위한 활력을 만들어 주는데…… 일본 사람들은 균형 감각이 좀 없는 것 같아요 하고 말하더군. 도대체 언제 생활을 즐기려는 것일까요 라고 하면서."

미국생활을 오래 했던 미즈호 씨는 밖에서 보는 관점으로 일본을 바라보기 때문에 말 하나하나에 그만큼 무게가 실립니다.

니노미야 선생님은 자기도 40대에 이렇게 재미없는 인생을 살 바에야 이제 슬슬 애들도 클 만큼 컸으니까 그냥 확 죽어버려도 상관이 없겠다는 생각이 든다고 'Heaven'에 와서 종종 푸념을 할 정도로 일만 하면서 살고 있습니다.

"이봐─, 학생! 잠깐 이리 와 봐!"

노부 씨가 바다로 배를 몰고 나가는 모교 학생을 불러들였습니다.

"자, 너희들, 오늘 연습은 이거다" 하면서 낚싯대를 하나 주고는, 그 학생이 입고 있던 콜롬비아 운동복을 벗게 해서 니노미야 선생님에게 건네주었습니다.

"니노미야, 오랜만에 바다에 나가보자. 속이 다 시원해질 테니까."

오늘은 쾌청한 날씨. 더구나 이런 계절에는 보기 드물게 남동풍이 적절하게 불고 있고 파도도 거의 없어 오랜만에 바다에 나가는 니노미야 선생님한테는 다시없이 좋은 기상 상태입니다.

대학생은 "노부 선배님, 저희 좀 살려 주세요. 병에 걸린 선배님이 바다에 나가는 걸 그냥 보고만 있었다는 게 알려지면 나중에 저희가 사모님한테 야단맞는단 말입니다." 하며 상당히 난처해하는 표정을 지었습니다.

"닥쳐라, 이놈아. 학생 챔피언도 못하는 너 같은 어중이떠중이가 무슨 설교를 하려고 늘어? 저쪽으로 가 있어! 오늘 나는 스키퍼(선장)가 아니야. 그냥 크루(선원)로 앉아 있을 거란 말이다. 이 니노미야가 조종할 거야."

그 말을 들은 니노미야 선생님은 뭐어? 하며 펄쩍 뛰었습니다. 솔직히 말해서 배를 조종할 자신이 전혀 없다는 표정입니다.

"그러지 말고 노부 씨가 해 줘. 난 너무 오랜만이라 겁이 난단 말이야. 가라앉으면 어떡하라고."

노부 씨는 어이없는 얼굴로

"이런 바람에 가라앉기는 왜 가라앉아? 저기 저쪽에 나가 있는 여자애 보이지? 몇 살인 것 같아? 아직 대학교 1학년이야. 바람을 탄 지 겨우 1년밖에 안 되었어. 작년까지는 바람이 뭔지도 모르던 고등학생이었다고. 아무리 그래도 넌 몇 년씩이나 바다 맛도 보고 바람도 타던 놈이잖아. 이 정도도 못하겠다니 그게 말이나 돼?

수술실을 향하는 환자, 항암제 치료를 받는 환자들의 마음하고 비교하면 이런 것쯤은 아무것도 아니잖아. 너는 의사니까 환자들 마음이 어떤지 모를 수도 있겠지만, 다들 어떤 심정으로 치료를 받는지, 어떤 마음으로 네가 내뱉는 말 한마디 한마디에 좋아했다가 실망했다가 하는지 알고나 있어? 24시간 내내 암이랑 마주 보면서도 다들 살기 위해 버티고 있어. 그걸 알면 이 정도 바람 가지고 겁난다고 허풍을

떨지 말란 말이야. 의사가 그런 꼬락서니를 보였다가는 환자들 다 떨어지겠다."

이 말을 들은 니노미야 선생님의 마음속 깊은 곳에서 뜨거운 무언가가 솟구쳐 오른 모양이었습니다. 니노미야 선생님과 나는 재빨리 운동복으로 갈아입고 요트에 올라탔습니다.

니노미야 선생님이 오랜만에 하는 조종은 순조롭게 진행되었습니다. 바람도 잔잔하고 파도도 없는 고요한 해면이었기 때문입니다. 세 사람이 탄 요트는 가끔씩 부는 강한 바람을 타고 물살을 가르며 에노시마를 향해 일직선으로 나아갔습니다.

시치리(七里)의 서퍼들, 에노시마의 윈드서퍼, 해안에서 제트스키를 즐기는 사람, 요즘 보기 드물게 파워 보트에 젊은 여성을 태우고 날아갈 듯이 바다를 가르는 아저씨.

니노미야 선생님의 마음은 점점 해방되어 갔습니다.

"바람 참 좋다. 바다는 역시 최고야."

니노미야 선생님으로서는 그동안 까맣게 잊고 살아온 기분이었습니다. 역시 이것은 인공적인 세계에서는 맛볼 수 없는 자연이 만들어낸 바다와 바람 속에서만 얻을 수 있는 기쁨이라는 사실을 새삼스레 깨달았습니다.

학생 시절이 생각났는지 키를 잡은 손이 기쁨으로 떨리고 있는 모양이었습니다.

나는 지금 살아 있다. 그래, 나는 지금 살아 있는 거야.

이때 니노미야 선생님의 마음은 그런 생각으로 가득 차 있었다고 합니다. 그와 동시에 병에 걸린 노부 씨는 지금 어떤 심정일까 하는 점이 마음에 걸렸습니다.

물어볼까 말까 망설여지기는 했지만 드넓은 바다 위에 있는 사이에는 그런 망설임조차 하잘것없는 일이라는 생각이 들었는지 어린아이처럼 솔직하게 묻게 되었습니다.

"이봐, 노부 씨. 당신 '죽는다'는 게 어떤 건지 알고 있는 거야?"

"니노미야, 너도 꽤 하는데."

물살을 가르는 소리, 바람 소리 때문에 지브세일(맨 앞쪽의 삼각돛 - 역주)을 조종하고 있는 노부 씨 귀에는 그 말소리가 들리지 않았던 모양입니다. 다시 한 번 니노미야 선생님이 큰 소리로 물었습니다.

"죽는 걸 어떻게 생각하고 있느냐고?"

"......"

노부 씨는 눈을 가늘게 뜨고 눈부신 듯한 표정으로 태양을 바라보고 있었습니다.

나도 니노미야 선생님도 순간 아차 싶었습니다. 암 환자가 제일 언급하고 싶지 않은 부분을 상대방에 대한 배려도 없이 찔러버린 것입니다.

니노미야 선생님은 오랫동안 명의라는 소리를 들어온 내가 이런 실수를 하다니 하는 표정을 짓고 있었습니다. 나는 노부 씨가 보지 못하게 니노미야 선생님의 어깨를 툭 치고는 양손으로 가위표를 만들어 보였습니다.

노부 씨는 여전히 말이 없습니다.

아무것도 아니야, 그냥 넘어가자고 말하려 했을 때 노부 씨는 큰 소리로 외치듯이 말하기 시작했습니다.

"니노미야, 솔직히 말하자면 말이지, 그 문제가 도무지 해결이 되지 않는단 말이야. 난 이래 봬도 소심한 놈이라 매일 밤 악몽에 시달리고, 애꿎은 마누라한테 화풀이나 하고, 나중에는 서로 싸우다가 눈물까지 흘린 적도 여러 번 있었거든. 검사나 치료 결과가 나올 때마다 좋아했다가 실망했다가, 어디에 그렇게 많은 눈물이 있었나 싶을 정도로 통곡을 하기도 했었고.

처음에는 그저 힘내자, 힘내자 하며 지냈지. 하지만 '편지 센터 Heaven'의 요트 선실에 다니다 보니까 아이짱과 미즈호 씨의 말이 점점 마음속으로 파고들게 되더라고. 인생은 한 사람도 빠짐없이 누구나 갈 때가 오기 마련이지. 빠르건

느리건 말이야."

　그 말이 맞습니다. 하지만 그때가 빨리 오지 않게 하기 위해서 니노미야 선생님은 매일같이 자기 가정까지 희생해 가면서 환자들을 위해서 온 힘을 바쳐 온 것입니다.

　죽음은 그런 선생님의 노력을 항상 물거품으로 만들어버리는 그 무엇이고, 선생님으로서는 어떻게든 피하고 싶으면서도 아무리 발버둥을 쳐도 넘을 수가 없는, 마치 에베레스트와 같이 커다란 벽입니다.

　"있잖아, 니노미야, 아이짱이 그러더라고. 사람은 병 때문에 죽는 게 아니라고. 하나님이 이제 여기로 오거라 하고 손짓했을 때 가는 거라고. 천국에 가서 지금보다 더 좋은 생활을 할 수 있다고. 거기는 눈물도 없고, 평안함만 가득 차 있는 아주 멋진 곳이라고. 더구나 다들 천국에서 다시 만날 수 있대나. 꼭 하와이나 타히티, 아니면 카리브 해의 작은 섬처럼 아름다운 곳에서 다시 만나서 진심으로 반가워하며 웃을 수 있다고 하더라고.

　왠지 좀 우습지? 처음 들었을 때 난 웃어버렸어. 아이짱도 역시 초등학생이구나 하면서.

　나는 요트로 자기실현을 하려고 인생을 불태우던 놈이니까 그저 '힘내라 힘내'가 성미에 맞았거든.

그런데 몸이 약해지면서 어느 때부터인가 그런 생각이 들더라고. 도대체 무슨 힘을 어떻게 내란 말인가 하고. 아니, 그럼 내가 열심히 힘을 내지 않고 인생을 적당히 살아서 암에 걸렸을까?"

니노미야 선생님은 그렇지 않다는 뜻에서 고개를 가로저었습니다.

"그치? 그럼 도대체 무엇을 향해서 힘을 내란 말이지. 그래서 이렇게 생각했어. 어쩌다 내가 있는 자리에 강풍이 불어와서 그냥 가라앉아버린 것, 그 정도의 일이 아닐까 하고 말이야.

왜냐하면 누구나 내일 어떤 바람이 불지, 어떤 날씨가 될지도 모르면서 살아가고 있는 셈이잖아. 5분 후에 무슨 일이 일어날지조차 알 수 없는 게 인간이거든.

아는 체하면서 예언을 한다거나 점을 볼 수 있다고 돈을 받는 이상한 인간들도 있기는 하지만. TV에 나와서 잘난 척하면서 그럴듯한 말을 씨부렁대는 놈들은 지가 앞을 내다볼 수 있는 것처럼 떠들어대지. 하지만 사실은 내일 날씨가 맑을지 구름이 낄지조차 모른단 말이지. 그렇게 생각하지 않나?"

니노미야 선생님은 고개만 끄덕일 뿐이었습니다.

"그렇다고 내가 적당히 살라고 하는 소리는 아니야. 최선은 다해야지.

하지만 거기에 대한 결과는 절대로 사람이 마음대로 예상하면 안 된다는 뜻이야. 내일 어떤 바람이 불지 모르는 것처럼 말이지. 바다에 나가 본 너 같은 사람은 이해할 수 있겠지? 내가 무슨 뜻으로 말하고 있는지."

"맞는 말이야, 노부 씨."

니노미야 선생님은 큰 소리를 지르며 말하는 노부 씨의 체력이 염려되어 이야기를 중단시키려고 했습니다. 그러나 노부 씨의 이야기는 그칠 줄 몰랐습니다.

"나도 병원에서 여러 사람들을 보아 왔어. 사태의 중대함을 전혀 모르는 젊은이나 완전히 침울해져서 희망을 잃어버린 50대 아저씨, 처음 입원해서 어쩔 줄 모르는 사람, 어째서 내가 이런 암 같은 병에 걸리게 되었는지 그 인과관계가 알고 싶다며 시도 때도 없이 호소하는 할망구까지……."

노부 씨는 기수를 돌리라는 명령을 내렸습니다. 요트가 돌자 하얀 돛에 바람이 확 하고 기세 좋게 들어와 이번에는 초자가사키를 향해 나아가기 시작했습니다. 미우라 반도가 한눈에 바라보였고, 태양은 물에 반사되어 반짝반짝 빛났고, 가끔씩 날치가 옆으로 날아들어 해면 위를 아슬아슬하게 평행 이동하다가 날아가곤 합니다.

"나는 말이야 아이짱의 웃는 얼굴을 보고 있으면 항상 위안을 얻게 돼. 그 애는 아직 초등학교 5학년밖에 안 되었잖아. 어떻게 소아암에 걸린 애가 그렇게 밝고 명랑할 수 있는지 모르겠단 말이야.

나는 아이짱처럼 되고 싶어. 병이나 치료를 두려워하지 않고, 항상 날씨가 맑기만을 바라는 게 아니라 가끔씩 비가 오거나 눈이 와도 거기에 마음이 휘둘리지 않고 오늘 날씨처럼 항상 밝고 건강하게 희망을 가지고 살고 싶어. 그 아이가 몸소 그렇게 가르쳐주고 있다는 생각이 든다니까.

그러니까 말이야, 자족하는 마음이라는 것을 나도 항상 가졌으면 좋겠다는 거지. 암이 악화되건, 그렇지 않건 감사하다는 말을 할 수 있도록 말이야.

바다 위에 있으면 어째서 이렇게 쑥스러운 말을 아무렇지도 않게 내뱉을 수 있는 건지 모르겠다. 니노미야, 우리 마누라한테 이렇게 쪽팔리는 말 같은 건 절대로 얘기해 주면 안 돼, 알았지?"

노부 씨는 약간 쑥스러워하면서 눈부신 태양을 가는 눈으로 다시 올려다보더니 부끄러운 마음을 감추듯이 지브세일을 다시 한 번 다부지게 끌어당겼습니다.

니노미야 선생님의 마음에 지금까지와는 뭔가 다른 생각이 심어지게 되었습니다.

쇼난의 바다는 끝도 없이 맑게 개어 있었습니다.

일시 퇴원을 마치고 암센터에 재입원한 노부 씨를 기다리고 있던 것은 내시경검사였습니다. 항문으로 내시경을 넣어서 직장암이 어디까지 진행되었는지를 알아보는 것입니다.

내시경을 넣기 전에 빨간 알약 2개와 2리터나 되는 물약을 먹어야 합니다. 이 물약은 이온음료 같은 맛으로 건강할 때는 그나마 괜찮지만 몸이 약해져 있는 상태에서 2시간 사이에 2리터나 되는 액체를 마시는 것은 상당히 힘든 일입니다.

노부 씨도 간호부장님에게 "이거 1리터만 마시면 안 될까?" 하고 풀이 죽은 목소리로 애원하기도 했습니다.

아무튼 대변이 남김없이 다 나오고, 잔여물도 전혀 없이 약간 누런 오줌처럼 되어야만 내시경을 받을 수가 있습니다.

몇 번이고 몇 번이고 화장실로 뛰어 들어가 좤악 하고 변을 봐야 합니다. 그렇게 몇 번씩 휴지로 뒤를 닦다 보면 항문이 쓰려 오고, 그 감각만으로도 충분히 불쾌해집니다.

노부 씨는 도중에야 겨우 비데의 존재를 알게 되었고, 이건 정말 좋다 싶어 기분 좋게 변기에 앉을 수 있었던 모양입니다.

자, 드디어 내시경실로 들어갔습니다.

대장내시경을 항문으로 집어 넣습니다. 건강한 사람이라도 이물감을 느끼게 되는데, 노부 씨의 경우는 전에 위를 전부 드러내는 수술을 받았기 때문에 장의 유착이 심해서 내시경이 자꾸만 걸려버립니다.

뱃속을 이물질이 쿡쿡 쑤실 때마다 느끼는 아픔. 가로 누워서 이를 앙다물고 비쩍 마른 몸을 새우처럼 웅크린 채 눈에서는 눈물을 줄줄 흘립니다.

빈혈기가 있고 체력이 떨어진 노부 씨에게는 대장내시경만으로도 충분히 힘들었습니다.

그런데 니노미야 선생님의 후배 의사인 내과의 시모다 선생님은 "아예 하는 김에 출혈 확인을 위해 입으로 하는 내시경도 해 봅시다. 혹시라도 식도 같은 곳에서 조금씩 출혈이 있는 것이면 큰일이니까요" 하고 제의했습니다.

노부 씨는 "그만 합시다. 다음에 날을 다시 잡으면 안 될까요?" 하고 말하려 했지만 선생님들은 의논하지도 않고 준비를 시작해버렸고, 의사들은 노부 씨 목 안쪽에 두 번 마취약을 스프레이한 다음 굵은 하네스(harness, 기구와 몸을 연결하는 장비-역주) 줄 정도의 끄트머리에서 광선이 빛나는 검은 뱀 같은 튜브를 입 안으로 쑤셔 넣었습니다.

　도중에 줄이 목을 건드렸을 때 몇 번이고 꽥꽥거리며 구역질을 했습니다. 그렇게 구역질을 하고 나자 몸이 축 늘어져버렸습니다.

　식도는 그나마 괜찮았는데 위 안쪽에 당도하자 너무 좁아져서 내시경이 들어가지 않았습니다. 그것을 억지로 밀어넣으려 했을 때 뱃속에서 치밀어 오르는 아픔 때문인지 몸부림을 치는 노부 씨의 모습은 차마 눈뜨고 보기 힘들 정도였습니다.

　내시경실에서 돌아온 노부 씨는 완전히 기진맥진한 상태였습니다.

　시모다 선생님을 비롯한 의사들의 소견은 직장암의 진행도 심각하지만 어쩌면 조만간 다른 부위로도 전이될 수 있지 않겠냐는 매우 어두운 것이었습니다.

　처음에는 노부 씨도 정신적으로 큰 충격을 받은 모양이었는데, '이런 것도 바람이나 마찬가지니까 강풍이 부는 날도 있고 미풍이 부는 날도 있다, 우리 같은 바다 사람들은 어떤 바람이건 반갑게 맞을 뿐이다.' 그런 식으로 생각하게 된 모양이었습니다.

　어떤 일이 생기든 긍정적으로 받아들이는 노부 씨의 자세는 여기 암센터에서 같은 병으로 고생하는 환자들에게 큰 희망이 되고 있었습니다.

계속 옆에서 시중을 드는 유코 부인도 자연으로부터 그런 강인함을 받은 것처럼, 아니 정확하게 말하자면 인생에 갑자기 발생하는 일들을 있는 그대로 받아들이는 '순종'을 배운 것처럼 보였습니다.

그러나 안타깝게도 노부 씨의 직장암은 직장에만 있는 것이 아니라 다른 부위에도 의심스러운 부분이 많이 있다는 사실이 밝혀져서 단기 입원 병동에서 항암제 치료를 계속 받게 되었습니다.

이시마루 패밀리 앞에 새롭게 다시 거대한 벽이 가로막고 서게 된 것입니다.

노부 씨, 유코 부인, 외아들인 코지. 누구의 눈에도 끝이 보이지 않는 항암제 치료가 시작되었습니다.

"아이, 도통 세상 살맛이 안 나요."

입구에 있는 등신대의 개구리 인형이 "어서 옵쇼" 하고 전자음으로 맞이하고 있습니다.

"시끄러!" 하며 개구리 인형의 머리를 쉬어박는 니노미아 선생님은 기분이 아주 나빠 보여서 가까이하고 싶지 않은 분위기를 풍기고 있습니다.

"이봐ー, 준이치 있어? 안에 있지? 나 들어간다."

오늘은 아이짱이랑 미즈호 씨랑 같이, 이끼가 좀 끼어버린 나무 욕조와 갑판을 브러시로 닦고 있었습니다.

"자, 다들 잠시 휴식한다, 휴식."

네 네, 알겠어요, 하면서 미즈호 씨가 커피를 타러 선실로 들어갔습니다.

"아이짱, 거기 있지? 우리 노래하자, 핑거파이브."

'학원천국' 은 니노미야 선생님이 제일 즐겨 부르는 노래입니다. 항상 여기서 목청껏 소리를 질러 스트레스를 발산하고 가는 것입니다. 오늘은 일 때문에 늦게 오시는 어머니를 'Heaven' 에서 기다리고 있던 아이짱이 할 수 없이 니노미야 선생님을 상대해 주었습니다.

"에ー, 06700, '학원천국' 들어갑니다.

아 유 레디?

헤ー이, 헤이, 헤이, 헤ー이, 헤이

헤ー이, 헤이, 헤이, 헤ー이, 헤이

헤이! 헤이! 헤이! 헤이! 헤이! 헤이!

와오ー!!

이 녀석도 저 녀석도 저 자리를 / 바로 거기만을 노리고 있단 말야

이 반에서 제일가는 예쁜 애 옆자리 / 아! 하나같이 경쟁 자지"

니노미야 선생님은 언제나와 마찬가지로 노래를 부르고 있습니다. 이렇게라도 하지 않으면 의사로서 정신적인 균형을 유지할 수 없는 것이겠지요. 매일처럼 여기 나타나서는 '학원천국'을 불러댑니다.

곡이 끝나자, 휴우- 하면서 자리에 앉았습니다. 이상하게 기운이 없어 보입니다.

아무래도 노부 씨의 상태가 좋지 못한 것이 상당한 충격이었던 모양입니다. 나도 바로 전에 시모다 선생님한테서 노부 씨의 상태를 듣고 상당히 곤혹스러워하고 있던 참이었습니다.

니노미야 선생님은 평소처럼 흰 가운에서 신중하게 주사기를 꺼내더니 왼손에 대고 꾹 찔러 액체를 주입했습니다.

인슐린입니다. 당뇨병 환자인 니노미야 선생님은 매일 혈당치를 재고 인슐린을 주사하고 있는 것입니다. 처음에는 바쁜 수술 일정에서 도피하기 위해 이상한 약을 하고 있는가 싶어 어지간히 놀란 기억이 있습니다.

니노미야 선생님은 오늘 점심도 저녁도 1층 편의점에서 산 야채 중심의 웰빙 도시락입니다.

"아아, 세상 살맛이 안 난다니까. 당뇨 때문에 웰빙 도시락이지, 암 환자는 늘기만 하지, 도대체 낙이 없어요, 낙이."

역시 노부 씨 일이 마음에 걸리는 모양입니다.

항암제 치료라는 내과적 치료로 정말 좋아질 수 있는 것인지 외과 의사인 니노미야 선생님 입장에서는 도무지 납득이 되지 않는 것 같습니다.

"준이치, 난 말이야, 난 목수야."

"네? 뚱딴지같이 그게 무슨 말씀이에요?"

"내가 하고 있는 일이라는 게 목수랑 똑같단 말이야. 집이 인간으로 바뀌었을 뿐이지."

"흐응, 그런 건가요……?"

"맞아, 목수라고. 그래서 사람들을 편안한 집에 살게 해 주려고 항상 수술대 앞에 서 있는 거야. 그런데 말이야, 역시 인간은 살아 있는 물체거든. 제대로 되지 않을 때도 많단 말이지……. 아무리 열심히 연구해도 끝이 없어. 그러니까 인생 살맛이 안 난다는 생각만 자꾸 들게 되고 말이지."

나는 격려해 주고 싶어서 말했습니다.

"왜 그런 쪽으로만 생각하세요? 전 이런 말을 수도 없이 많이 들었는데요. 니노미야 선생님이 수술해 주셔서 목숨을 건졌다고, 진심으로 감사하고 있다고 말입니다."

"……"

니노미야 선생님은 대꾸도 하지 않고 웰빙 도시락 뚜껑을 열었습니다.

"젠장, 이놈의 젓가락은 여전히 어중간한 길이란 말이야. 밥도 맛대가리 하나 없어 보이고. 가끔씩은 나도 키쓰네야의 호르몬 덮밥이니 도요짱의 돈가스 덮밥이니, 주에이의 고기가 듬뿍 든 카레를 마음껏 먹고 싶은데. 편의점 같은 건 말 그대로 편리하다뿐이지 도무지 독창성도 없고 재미도 없는 곳이라고 생각하지 않아? 솔직히 말해서 이런 걸 매일 먹고 있다 보면 보기만 해도 구역질이 나온다니까."

말하는 내용은 평소와 다름없지만 표정이 어딘가 보통 때와는 다릅니다. 말하기 시작한 이후로 한 번도 웃음을 보이지 않았습니다. 40대 후반까지 옆도 돌아보지 않고 정신없이 의사의 길로 매진해 왔는데 드디어 벽에 부딪쳐버렸다는 느낌조차 들 정도였습니다.

나는 니노미야 선생님의 진지한 표정에 기가 죽어서 뭐라고 대답도 하지 못했습니다.

"아아, 정말 세상 살기 싫다. 아이짱, 우리 같이 UNO(게임

이름)나 한판 할까?"

마음씨 착한 아이짱은 전에 없이 쓸쓸해 보이는 니노미야 선생님을 위해 하고 싶지도 않은 UNO를 시작했는데 얼마 지나지 않아 니노미야 선생님은 혼자서 갑판으로 나가 바다를 보면서 불쑥 중얼거렸습니다.

"노부 씨 말이지……."

니노미야 선생님은 꽤나 고민하고 있었습니다. 후배 의사인 내과의 시모다 선생님으로부터 노부 씨의 병실을 방문해 달라는 부탁을 받았기 때문입니다.

마침 식사가 끝난 시간대여서 가끔씩 여기저기서 웃음소리가 들려오곤 했습니다.

노부 씨는 이번에 투여한 항암제가 효과는 없고 부작용만 심하게 생겨서 머리카락도 다 빠지고 이빨까지 엉망이 되어 있었습니다.

똑같이 바다를 사랑했던 요트맨으로서 니노미야 선생님은 노부 씨에게 무슨 말을 해 주어야 할지, 19층의 '편지센터 Heaven'에서 도쿄 만의 바다 위로 부는 바람을 지켜보면서 한참 동안 고민하고 있었습니다.

니노미야 선생님을 알게 된 지도 벌써 2년 남짓 되었습니다. 선생님은 보통 때는 "살맛이 안 난다"느니 "남쪽나라로

가고 싶다"느니 의사답지 않은 말을 하곤 하지만 마음속으로는 환자들을 제일 먼저 생각하는 진정한 의사입니다.

예전에 내가 환자들을 어떻게 대해야 할지 고민하고 있을 때 이런 어드바이스를 해 준 적이 있습니다.

"준이치는 정신과 의사니까 외과에 있는 내가 제대로 된 조언 같은 것은 해 줄 수 없지만 같은 의사로서 해 줄 수 있는 말은 있다.

암 선고를 하는 경우를 예로 들자면 처음에 감정적인 이유 때문에 암이라는 사실을 알려 주지 않거나, 아니면 완치될 가능성이 거의 없는데도 마치 가능성이 있는 것처럼 말하는 식으로 환자한테 거짓말을 해 버리는 의사들이 있지. 하지만 만약 간호사나 같은 병실의 다른 암 환자 같은 제3자의 단편적인 정보를 통해서 자기가 암이라는 사실을 환자가 알게 되면, 혹은 말기라는 사실을 알아버리면 최악의 상황이 벌어지지.

그렇게 되면 환자와 가족, 의사, 간호사 사이의 신뢰관계는 도저히 돌이킬 수 없는 상태로 무너져버리고, 환자는 그후의 힘든 치료를 항상 의심만 가득한 마음을 안은 채 견뎌나갈 수밖에 없게 되는 거야. 때로는 한 줄기 희망조차 느끼지 못한 채……

말하자면 의사는 초진 때부터 전혀 거짓이 없는 솔직한 마음으로 환자를 접해야 한다. 그리고 하나씩 성심성의껏 순서를 밟아 나가는 거지. 그러는 과정에서 발생하는 과제가 여러 가지 있지만 그것도 서로에 대한 믿음이 있으면 자연스러운 형태로 해결되게 마련이야.

요즘에는 암에 관한 지식이 많이 보급되어서 '암은 곧 죽음'이라는 생각도 바뀌고 있는 추세지만 그것은 어디까지나 암과는 상관없이 사는 사람들의 생각일 뿐이야. 그러니까 자기랑 상관이 없는 단순한 지식이기 때문에 암에 관한 지식도 있는 그대로 이해할 수 있는 셈이지.

그런데 그게 막상 자기 일일 때는 어떨 것 같아? 여전히 아직까지 '암은 곧 죽음'이라고 곧바로 연결시켜서 고민하는 환자들이 많거든.

하지만 잘 생각해 보라고. '죽음'은 누구에게나 언제든 찾아오게 마련이고, 그게 30년 후가 될지 6개월 후가 될지 아무도 모르는 일이지만 어쨌든 100% 반드시 발생하는 문제야. 이 문제는 '운명'이라고 부를 수밖에 없어. 이 문제를 계속 추구하다 보면 삶이란 '길고 짧은 것이 문제'가 아니라 '어떻게 사느냐가 문제'라는 결론에 도달하게 되지.

암에 걸린 다음에 다시금 '어떻게 사느냐의 문제'를 생각하기 위해서라도 의사와 환자의 신뢰관계는 가장 중요한 거야. 이게 없으면 남은 인생은 말 그대로 암흑일 뿐이야. 그 암흑 너머에 있는 것은 죽음뿐이고. 누구든 그렇게 여생을 살고 싶지는 않을 것 아냐.

그러니까 내가 해 줄 수 있는 말은 거짓이 없는 솔직한 마음으로 환자를 대하라는 것, 이것 하나뿐이야. 이건 외과 의사인 나만 그런 게 아니라 정신과 의사인 너한테도 충분히 통하는 말이지. 의사뿐만 아니라 부부나 가족, 친구나 직장 상하관계에서도 신뢰가 제일 중요하다고 볼 수 있잖아."

나는 니노미야 선생님으로부터 이런 이야기를 들었을 때 마음이 무척이나 가뿐해졌던 기억이 납니다. 동시에 '이 선생님은 틀림없이 진짜 의사다'라는 확신이 들었습니다.

물론 환자들 중에는 "평생 못 고친다", "하고 싶은 일이 있으면 다 해 두어라", "호스피스 시설로 가는 편이 낫다"는 소리를 듣고 황당해하는 사람도 있습니다. 하지만 거짓이 없는 솔직한 니노미야 선생님의 말에 대부분의 환자들은 시간이 지나면서 용기를 얻게 되고, 오늘을 살아갈 힘과 내일에 대한 희망을 안고 활기차게 변해 가는 것을 몇 번이나 내 눈으로 똑똑히 보아 왔습니다.

그런 니노미야 선생님인데도 노부 씨 일에 대해서만큼은

도무지 마음의 정리가 되지 않는 모양입니다. 니노미야 선생님한테는 암 환자가 자기 암에 대해 어떻게 대처하면 좋은가에 대해 나름대로 세운 3단계 매뉴얼이 있습니다.

1. 암 초기인 사람은 만전의 치료를 받은 다음 그 후에도 검사만큼은 주기적으로 철저히 받되 암이었다는 사실은 그냥 전염병에 걸렸던 정도로만 치부할 것.
2. 진행성 암이되 아직까지는 적극적인 치료를 받을 수 있는 환자는 병에 겁먹지 말고 치료를 긍정적으로 받아들여 평생 같이 살아가야 할 병을 만났다는 각오를 가질 것. 동시에 절대로 비관하지 말 것. 그리고 단편적인 지식에 휘둘리지 말고 암이나 치료법에 대해 스스로 공부해서 올바른 지식을 갖추고 현재 자신의 상태, 앞으로의 진행 상황을 알아 자기가 자기의 주치의가 되어 의사한테만 맡기지 말고 함께 병과 싸울 수 있는 동지가 될 것. 암하고는 평생 동안 같이 지내야 하니까 암이 다 나은 다음에 해야겠다는 생각은 버리고 하고 싶은 일이 있으면 주저하지 말고 당장 실행에 옮길 것.
3. 말기암 환자는 일단 아픔을 줄이는 통증완화관리를

가장 중시할 것. 아픔만 없으면 이 병은 갑자기 죽어버리는 사고 같은 것이 아니니까 마지막 순간을 얼마든지 대비할 수 있는 고마운 병이기도 하다. 그리고 미처 다하지 못한 일, 뒷사람에게 전하고 싶은 일 등을 열심히 하면서 살아갈 것.

이상이 니노미야 선생님이 긴 세월 동안 암 환자들을 상대하면서 자기 나름대로 만들어서 환자들에게 제시한 원칙입니다.

니노미야 선생님은 바다 위로 부는 바람의 길을 바라보면서 아까 시모다 선생님에게 들은 말을 되새기고 있었습니다.

"노부 씨의 직장암 말인데요, 진행이 상당히 빨라서 아무리 생각해도 앞으로 3개월도 버티지 못할 것 같습니다. 간암쪽은 초기 단계여서 내과적인 치료를 계속할 수 있지만 직장암의 진행으로 판단하자면 확실하게 삶의 마지막 시간을 생각할 단계에 들어가 있습니다. 선생님께서 자택 근처에 있는 호스피스를 찾아보도록 본인한테 말씀해 주시는 게 제일 바람직할 것 같은데요. 사모님도 그렇고, 이제 막 중학교에 들어간 열두살짜리 아드님도 그렇고, 서렇게 뼈만 앙상하게 남은 남편이나 아버지의 모습을 보고 있다가는 PTSD

가 되어버릴 수도 있을 거예요. 비슷한 나이 또래의 아이를 가진 부모로서 솔직히 말씀드리면 뒤에 남을 가족들 쪽이 더 걱정입니다.

바다 친구도 아닌 저같이 새파란 의사가 말하는 것보다 친구이신 니노미야 선생님께서 직접 말씀드리는 편이 훨씬 더 잘 받아들이실 것 같아서 그럽니다. 그러니까 노부 씨에게 이 말씀을 잘 전해 주셨으면 좋겠어요. 부탁드립니다."

눈에 보이지 않는 바람을 좇으면서 니노미야 선생님은 시모다 선생님의 말을 몇 번이고 곱씹고 있었습니다.

"그 노부 씨가……, 아시안 게임 금메달리스트 이시마루 노부히코가 어쩌다가……."

베란다 갑판에 불어오는 바람을 실눈으로 노려보고 있던 니노미야 선생님의 눈동자에는 눈물이 고여 있었습니다.

니노미야 선생님은 일본 외과 의사 중에서 최고로 손꼽히는 분이며 환자들이 전 세계에서 수술을 받기 위해 모여들 정도의 명의입니다. 하지만 동시에 지금껏 서민의 감각을 잃지 않은 신기한 사람이기도 합니다.

좋아, 하고 니노미야 선생님은 가운을 입고 베란다 갑판을 뒤로했습니다.

30분 정도 지난 후에 'Heaven'으로 돌아온 니노미야 선생님의 눈은 시뻘겋게 충혈되어 있었습니다. 그러고는 퉁명스럽게 이렇게 말했습니다.

"준이치, 쇼난의 스기모토한테 부탁할 게 좀 있는데…. 그녀석 지금도 시민병원에서 종양내과랑 통증완화관리 담당을 맡고 있지?"

나는 말없이 고개만 끄덕였습니다.

"노부 씨한테 재택 항암제 치료를 받게 하고 싶은데 그 녀석이 맡아줄까?"

"'재택 항암제 치료'라니요……? 재택 호스피스라면 들은 적이 있지만……."

나는 들어본 적도 없는 말을 하는 니노미야 선생님을 쳐다보았습니다.

"스기모토의 부담도 늘어날 거고, 여러 가지 문제가 있을지도 모르지만 왕진을 해 주었으면 하거든. 노부 씨는 마지막 1%에 도전하겠다고 그러네. 하지만 겨우 1%야. 무모한 도전이니까 마지막 시간을 병원이나 호스피스가 아니라 가족이랑 같이 보내게 해 주고 싶어."

나는 노부 씨에 대한 니노미야 선생님의 깊은 우정을 뼈저리게 느꼈습니다.

"준이치가 스기모토한테 부탁을 해 주었으면 좋겠는데. 빠를수록 좋은데 지금 내 입으로는 그런 부탁을 할 수가 없어서. 아무렇지도 않게 말할 자신이 없거든……."

눈이 시뻘건 니노미야 선생님의 기세에 눌려서 나는 당장 스기모토 선배한테 전화해서 자초지종을 이야기했습니다.

"니노미야 선생님도 억지를 부리시네. 우리 병원에 호스피스가 있으니까 거기로 들어오게 하면 될 텐데. 노부 씨 집에서 15분 거리란 말이야. 그런 식으로 치유될 확률도 없는 항암제 치료를 해 봐야 죽을 때만 앞당기는 꼴이잖아. 본인도 힘들기만 하고."

스기모토 씨는 난색을 표했습니다. 그러자 그런 눈치를 알아차린 니노미야 선생님이 잽싸게 수화기를 낚아챘습니다.

"너도 다 같은 바다 사내 아냐? 딱 한 번만이라도 노부 씨랑 내 부탁 좀 들어달란 말이다! 항암제 처방에 대해서는 내가 전부 지시를 해줄 테니까."

그렇게 말하더니 니노미야 선생님은 '편지센터 Heaven' 에서 나가버렸습니다.

전화 맞은편에서 스기모토 선배가 깜짝 놀라고 있는 기색이 역력했습니다.

"아무리 그래도 이건 곤란한데……. 아무튼 어떻게 해 보기는 하겠지만……."

스기모토 선배는 아직 납득이 되지 않은 눈치였지만 오랫동안 신세를 진 노부 씨 일이기도 하고 니노미야 선생님의 부탁이라는 점 때문에 벌써 8시가 지난 시간이었는데도 곧바로 조치를 취해 주었습니다.

니노미야 선생님이 'Heaven'을 뛰쳐나갈 때 "노부 씨한테 거짓말 했는데" 하고 중얼거렸던 말을 나는 놓치지 않았습니다.

3. 가을 이슬

오늘도 쓰키지 시장 바깥에 있는 나미요케 신사에서 아침 참배를 드린 다음에 'Heaven'으로 출근하는 길입니다.

날씨는 화창했고, 맑고 깨끗한 공기를 맛있게 들이마시면서 장인한테 물려받은 마루킨 마크가 붙은 자전거를 타고 암센터로 향했습니다.

도중에 몇 번씩 쓰키지 시장에서 일하는 활기찬 사람들에게 아침 인사를 받으면 그때마다 나도 점점 더 힘이 솟아납니다. 쓰키지는 정말이지 기분 좋은 곳입니다.

엘리베이터가 19층에 도착해서 오늘도 열심히 일해야지 하고 기운을 북돋우면서 'Heaven'의 문을 열려고 하는데 발치에 한 통의 두꺼운 봉투가 떨어져 있는 것이 눈에 들어왔습니다.

주워서 보았더니 '편지센터 Heaven 노노우에 준이치 님 앞' 이라고 쓰여 있었습니다.

'으응? 누구한테 온 거지?' 하고 생각하며 편지 뒷면을 보았더니 '13층A 가와무라 유지' 라고 쓰여 있었습니다.

"앗, 유지가 보낸 거네!"

나는 봉투를 뜯고 안에 들어있는 편지를 꺼냈습니다.

편지센터 Heaven 노노우에 준이치 님

저는 그저께 오후에 PET 검사라고 해서 뼈 어디에 암이 전이하였는지 방사성 물질을 신체 안에 주입해서 찾아내는 최신식 검사를 받았습니다. 알고 계시리라 생각하지만 이 방법을 쓰면 거의 틀림없이 전이의 유무와 장소를 분명히 밝혀낼 수 있습니다. 며칠 후면 검사 결과가 나오기 때문에 지금 약간 긴장해 있습니다.

저녁에 검사가 끝나서 제 침대로 돌아와 보았더니 오버테이블 위에 두 개의 봉투가 놓여 있습니다.

하나는 어딘가에서 본 적이 있는 노란 표지의 책. 그리고 또 하나는 영어로 쓰인 사인색지.

저는 그리운 향기가 나는 그 책을 집었습니다.

'「투르 드 프랑스를 넘어서」 빈스 매카시 저'

예전에 동경하던 빈스의 저서. 초등학생 시절 몇 번이고 되풀이해서 읽었던 애독서였습니다.

그리고 같이 놓여 있던 사인색지에는 이렇게 쓰여 있었습니다.

"DEAR YUJI

NEVER GIVE UP! AND GOOD LUCK.

FROM VINCE"

저는 처음에 어떻게 된 일인지 영문을 알 수 없었는데 그 책과 사인색지를 둘 다 손에 들고 뚫어지게 쳐다보고 있었더니 옛날 생각이 되살아났습니다.

빈스가 예전에 무거운 병을 앓으면서도 불굴의 정신으로 그것을 극복하고 사이클 선수로서 대성공을 거두었던 일, 그런 경험 속에서 빈스 기금을 설립해서 불치병, 난치병 환자들을 지원하는 활동을 하고 있다는 것, 그리고 어렸을 때 저도 빈스처럼 뜻있는 프로 운동 선수가 되려고 마음먹었던 일 등이 생각났던 것입니다.

하지만 도대체 누가 이것을 제 침대에 놓고 갔을까요?

제가 빈스를 동경하고 있었다는 사실을 알고 있는 사람은 아버지, 어머니 그리고 미호 정도밖에 없습니다. 아버지하고는 한참 동안 만나지도 못했으니까 제가 입원하고 있다는 사실조차도 모르고 있을 것입니다. 병약한 어머니는 빈스에게 사인을 받으러 갈 분이 아닙니다. 미호는 그런 생각을 할 수 있을지는 모르지만 빈스에게 직접 사인을 받아낼 방법 같은 것은 없을 것입니다.

저는 순간적으로 이게 꿈인가 싶어 제 볼을 꼬집어 보았지만 역시 현실에서 일어난 일이었습니다.

그래서 곧바로 간호사 대기실로 가서 사정을 설명하고 누가 놓고 갔는지, 혹시 저를 찾아온 사람은 없었는지 물어보았습니다.

그러나 간호부장님도 다른 간호사들도 무슨 소리를 하는지 도무지 알 수 없다는 표정들이었습니다.

저는 머리를 쥐어 짜고 고민했는데, 빈스의 책이 눈앞에 있으니까 속을 들춰보지 않고는 배길 수가 없었습니다.

저녁을 먹는 것도 잊어버릴 정도로 몰두하고 있었는데 누군가가 몰래 제가 있는 4인 병실로 들어오는 기척이 느껴졌습니다. 꼭꼭 닫아 두었던 커튼을 빼꼼히 열고 내다보았더니 니노미야 선생님이 서 있었습니다.

니노미야 선생님과 옆 침대의 노부 씨가 친구라는 사실은 미호한테 들은 적도 있었고, 가끔씩 큰 목소리로 이야기하는 모습도 본 적이 있어서 알고 있었습니다.

하지만 평소의 모습과는 좀 다른 느낌이었습니다. 밤이어서 다른 사람들 때문에 조용히 하느라 그러는 것 같지도 않았습니다.

니노미야 선생님은 진지한 표정이면서도 어딘지 자신이 없는 얼굴로 침대에 누워 있는 노부 씨의 모습을 커튼 틈새로 가만히 들여다보고 있었습니다. 비쩍 마른 노부 씨는 새우처럼 몸을 웅크리고 누워 있었지요.

저는 약간 몸을 앞으로 내밀었습니다.

뼈하고 가죽밖에 남지 않은 깡마른 노부 씨가 꼭 어린아이처럼 흐느끼며 울고 있었습니다.

노부 씨는 정말 인기가 많은 사람입니다. 때로는 설교를 늘어놓기도 하지만 평소에는 늘 명랑한 모습이고, 남들을 열심히 격려해 주고, 항상 병실에 있는 다른 사람들을 웃겨주고, 주삿바늘을 제대로 찌르지 못해서 어쩔 줄 모르는 간호사한테는 "누구에게나 실패는 있어, 그런 실패가 사람을 더 크게 만들어 주는 거야" 하면서 따뜻하게 위로하는 말을 건네기도 합니다.

하지만 저는 이 노부 씨를 그때까지 너무 귀찮고 시끄럽다고만 생각했습니다. 이쪽이 어떤 생각을 하는지 알지도 못하면서 큰 소리로 이야기하고, 우습지도 않은 농담이나 던지는 통에 제 마음과 몸이 무너져 가는 이유가 암이 아니라 이 사람 때문이라는 생각까지 할 정도였습니다.

하지만 그렇게 강해보이던 노부 씨의 눈물을 본 순간 이 사람도 힘들고 괴로운 일이 있구나 하고 생전 처음 깨닫게 된 것입니다.

그리고 명랑하고 열심이고 긍정적이고, 하지만 사실은 마음 약하고 섬세하고 남의 말에 상처를 잘 받고, 제멋대로인 곳도 많이 있고……, 그러면서도 항상 남을 격려하는 데 주저하지 않는, 그런 복잡한 성격을 모두 함께 가진 신기한 매력이 넘치는 사람이구나 하는 생각도 들었습니다.

항암제 부작용으로 힘이 빠져서 걷지도 못하게 된 다리는 앙상한 나뭇가지처럼 완전히 비쩍 말랐고, 나이에 맞지 않게 금발로 염색했던, 원래 얼마 되지도 않던 머리카락도 모두 빠져버렸고, 더구나 눈썹을 비롯해서 온몸의 모든 털이 다 빠진 모습은 너무도 처량해 보였습니다.

과자를 좋아해서 그런지 앞이빨도 여기저기 빠지고 없습니다.

미호가 몰래 가지고 온 스포츠 잡지 「제킨」의 과월호에 실려 있던 아시안게임 금메달리스트의 모습은 조금도 찾아볼 수 없고 이제는 어디를 어떻게 보아도 죽음을 기다리는 암환자 그 자체입니다.

니노미야 선생님은 들키지 않게 조용히 그런 모습을 몰래 바라보고 있었는데, 선생님도 울고 있는지 가운 소매로 눈가를 이따금씩 닦아내곤 했습니다.

눈물을 완전히 닦아낸 니노미야 선생님이 목청을 "으, 음" 하고 일부러 가다듬는 소리를 내자 노부 씨는 니노미야 선생님 쪽으로 고개를 돌리더니 멍하니 올려다보았습니다.

니노미야 선생님은 "으이차" 하고 말하며 파이프 의자를 끌어와서 노부 씨 눈앞에 있는 좁은 공간에 억지로 밀어 넣더니 얼굴이 잘 보이는 위치에 털썩 앉았습니다.

노부 씨는 시종일관 말이 없었습니다. 젖은 눈으로 먼 곳을 마냥 쳐다보고 있을 뿐입니다.

옛날부터 좋아하던 커피 우유와 수많은 시폰 케이크, 밤 과자, 초코볼……. 그러고 보니 이제는 병원에서 주는 밥도 먹지 못하게 되었는지 그 대신에 그렇게 좋아하는 과자들을 늘어놓고 어린아이처럼 먹고 있었던 모양입니다.

그런데 어느 때 문득 깨달았는데 과자들은 거의 줄어들지 않고 있었습니다.

　시계바늘은 저녁 7시 30분 전후를 가리키고 있습니다. 복도에서도 병실에서도 아무 소리도 들려오지 않았습니다. 고요함이 4인실을 감싸고 있었습니다.

　니노미야 선생님은 가만히 노부 씨의 눈을 바라보더니 말했습니다.

　"노부 씨, 당신 살고 싶어, 아니면 죽고 싶어?"

　나는 '이 사람 도대체 무슨 정신으로 그런 걸 묻는 거야?' 하고 생각했습니다.

　아니나 다를까 노부 씨는 아무 대답도 하지 않았습니다. 그냥 입을 꾹 다물고 있을 뿐입니다. 두 사람의 눈길은 진지함 그 자체였고, 둘 다 눈이 빨갛게 충혈되어 있었습니다. 니노미야 선생님은 말을 이었습니다.

　"노부 씨, 한 가지만 대답해 줘."

　노부 씨의 눈이 끄덕이는 것처럼 보였습니다.

　"모든 사람이 저 미국의 자전거 선수처럼 될 수 있다고 진짜로 믿어?"

　나는 '미국의 자전거 선수?' 하고 잠시 고개를 갸웃거렸는데 노부 씨는 아직도 대답이 없었습니다. 조용히 눈을 감고 찬찬히 생각하고 있는 모양입니다.

"이봐, 노부 씨. 암을 극복하고, 투르 드 프랑스에서 부활해서 우승하고, 더구나 정자은행에 맡겨 둔 정자로 자식까지 낳고……. 그 기적의 실화를 담은 책은 노부 씨한테는 거의 경전처럼 되어버렸지. 언제 어디를 가든 항상 손에서 놓지 않고, 그야말로 무슨 부적이라도 되는 양 들고 다녔잖아. 나도 위암 수술 때 깜짝 놀랐어. 수술복을 열었더니 노란 표지의 책이 툭 튀어나왔으니 말이야."

니노미야 선생님은 갑자기 빈스에 대한 이야기를 하기 시작했습니다.

여전히 노부 씨는 입을 다물고 있을 뿐입니다.

"솔직하게 말할게. 노부 씨, 당신 이제 얼마 안 남았어. 아마 한 달도 못 버틸 거야. 그런데도 이렇게 부작용이 심한 항암제 치료를 계속 받으며 살고 싶나? 치료를 포기하고 부작용에서 해방된 상태에서 나머지 한 달 동안 코지랑 유코 부인이랑 같이 즐겁게 지내다 가는 게 낫지 않겠어?"

노부 씨는 가만히 니노미야 선생님을 쳐다보고 있었습니다. 새빨간 눈에서 한 줄기 눈물이 흘러내렸습니다.

두 사람 사이에 정적이 흘렀습니다.

노부 씨는 뭔가 한마디 말했습니다.

작고 쇠약한 목소리, 더구나 이빨도 없기 때문에 바람 새는 소리 때문에 제대로 들리지도 않습니다. 니노미야 선생님도 노부 씨가 무슨 말을 하는지 잘 알아듣지 못한 모양입니다.

난처해진 노부 씨는 앙상한 손가락으로 테이블에 놓여 있던 커피 우유 껍데기와 매직펜을 가리켰습니다.

니노미야 선생님이 허겁지겁 그것들을 건네주자 노부 씨는 지저분한 글씨로 뒤에 있는 여백에 뭔가 글씨를 썼습니다.

"몇 퍼센트?"

니노미야 선생님이 그렇게 묻더니 미간에 주름을 만들면서 고개를 갸웃거렸습니다. 아직도 무슨 소리를 하는지 이해하지 못한 모양입니다.

노부 씨는 답답한지 깡마른데다가 링거 주사까지 꼽혀 있는 왼손을 뻗어서 니노미야 선생님의 가운 옷깃을 붙잡았습니다.

쓱 하고 얼굴을 가까이 대더니 천천히 천천히 말했습니다.

"니노미야, 솔직히 나는 빈스가 될 수 없다. 재발했을 때부터 그런 건 충분히 알고 있었어. 그 사람은 원래 강하고, 난 원래 약해……."

제 귀에도 분명하게 들렸습니다.

니노미야 선생님은 응, 응 하면서 눈물을 떨어뜨렸습니다.

"하지만 사람은 희망이 없으면 살 수 없다…. 알지? 그
야 빈스는 신에게 선택된 사람이겠지……. 원래 기가 약
한 나는 그런 식으로 될 수 없다는 걸 처음부터 알고 있었
어. 그래도 여기까지 오려면 희망이 꼭 필요했다. 희망이
없어지면 말이야, 사람은 금방 죽어버리거든……."

한동안 노부 씨는 눈을 감고 가만히 힘을 모으고 있는
것처럼 보였습니다.

그러더니 노부 씨는 물꼬가 트인 것처럼 다그쳐 물었습
니다.

"그래서 만약 이대로 항암제 치료를 계속 받으면 나는
몇 퍼센트의 확률로 나을 수 있는 거야?"

니노미야 선생님은 놀라고 있었습니다. 이런 지경까지
이르렀는데 아직도 나을 가능성이 얼마나 되느냐는 황당
한 질문을 듣게 될 줄은 생각지도 못했을 것입니다.

그래도 노부 씨는 끈질기게 물었습니다.

"30퍼센트 되나?"

니노미야 선생님은 고개를 가로저었습니다.

"20퍼센트?"

다시 머리를 저었습니다.

"10퍼센트?"

노부 씨는 끈질기게 힘을 쥐어짜며 물고 늘어졌습니다. 니노미야 선생님은 견디지 못하겠는지 결국 입을 열었습니다.

"1퍼센트 될까 말까……."

노부 씨는 입을 다물어버리고 말았습니다.

시곗바늘이 재깍재깍 시간을 좇는 소리가 들려왔습니다.

노부 씨는 불쑥 말했습니다.

"1퍼센트……. 좋다 이거야. 난 그래도 한다."

니노미야 선생님은 자신의 귀를 의심하고 있는 표정이었습니다. 그러더니 허둥지둥 호스피스에 대한 것, 마지막 시간을 가족들과 즐기는 것, 암은 그런 특권도 주는 신기한 병이라는 것 등에 대한 설명을 열심히 늘어놓기 시작했습니다.

1퍼센트에 도전하다니 너무 무모한 일입니다. 의미도 없는 일 때문에 온몸이 망신창이가 되고……. 그런 무익한 의료가 어디 있겠습니까?

암 선고를 받은 적이 없는 건강하고 무지한 보통 사람이라면 모를까 과거에 위암도 앓았고, 이번에는 직장암에 간

암. 암에 관한 지식이나 경험은 보통 환자들보다 훨씬 많을 것입니다. 그래서 노부 씨는 더 잘 알고 있을 것입니다.

니노미야 선생님은 편안하게 가 주었으면 하고 바라는 마음을 억누르지 못하겠는지. 필사적으로 설득하려 들었습니다.

집으로 돌아가 사랑하는 가족들에게 둘러싸여 재택 호스피스를 받거나, 아니면 태어난 고향인 쇼난이나 지금 살고 있는 하야마의 바다가 보이는 호스피스로 옮겨서 남아있는 짧고도 소중한 시간들을 보냈으면 좋겠다고.

그러나 노부 씨의 의지는 확고해서 설득이 먹혀들 기색은 전혀 보이지 않았습니다.

설득하는 데 지친 니노미야 선생님은 노부 씨에게 사람이 어째서 그 모양이냐고 반쯤 화가 난 목소리로 다그쳤습니다.

그러자 머리카락과 이빨이 다 빠진 노부 씨는 머리맡에 놓여 있는 고급 가죽으로 된 성서용 책함에 든 책을 꺼냈습니다. 그것은 성서가 아니라 빈스의 「투르 드 프랑스를 넘어서」였습니다.

표지는 닳고 닳았고 손때가 잔뜩 묻어 있습니다. 한눈에 봐도 노부 씨가 이 빈스의 책을 얼마나 되풀이해서 읽었는지 알 수 있을 정도였습니다.

노부 씨는 그 책 뒤 표지를 열어보라고 눈짓을 하더니
쉰 목소리로 말했습니다.

"만약 내일 이 세상의 종말이 찾아온다 해도 나는 오늘
사과나무를 심겠다. 마틴 루터(원래는 스피노자의 말임—역
주)'

누군가 내 소중한 애독서에 이런 낙서를 해놓고 갔더군.
처음에는 화가 나서 범인을 잡으려고 난리를 치기도 했었
지. 어린애가 쓴 것처럼 지저분한 글씨로 써 있는데다 삼류
대학 출신인 나 같은 놈이 이 말의 뜻을 제대로 이해할 수
나 있었겠어? 그래서 처음에는 무슨 소리를 하는지 알 수
가 없었지. 아니 내일 이 세상이 끝난다면 하고 싶은 일이
나 실컷 하면서 지내야지, 몇 년씩 자라야 겨우 열매를 맺
는 사과나무 같은 걸 어째서 죽기 전날에 심어야 하느냔 말
이지. 이 세상의 종말이 내일이라는데. 멍청한 놈 같으니.

그때는 솔직히 그렇게 생각했지. 하지만 지금 와서야 그
루터인지 뭔지가 한 말의 의미를 어렴풋이 알게 되었어.

뭐라고 해야 하나. 사람은 좋든 싫든 간에 마지막에 가
는 순간까지 주어진 삶을 다 살아야 할 의무가 있는 게 아
닐까 하고 말이야. 사는 게 재미없다고, 그게 싫어서 그냥
그만둔다면 그건 하느님한테 잘못하는 것 같단 말이지.

허구한 날 꼴찌만 하는 니노미야도 골인 지점까지 항상 전력을 다해 요트를 몰았잖아. 아무도 상대해 주지 않고, 아무도 봐 주지 않았어도 말이야."

니노미야 선생님이 쓴웃음을 지었습니다. 노부 씨가 말을 이었습니다.

"그래도 바람은 보고 있었을 거야.

어떻게 말해야 할지 모르겠다. 하지만, 이렇게 하는 게 말이야, 뒤에 남게 될 코지나 유코가 앞으로 살아가는 데 힘이 되지 않을까, 뭐 그런 생각이 든단 말이지. 그러니까 지금 포기하면 안 된다, 주저앉으면 안 된다는 생각이 든다고.

나 같이 보잘것없는 놈이 빈스처럼 암을 이겨낸다는 게 애당초 무리라는 건 알고 있었어. 하지만 이 문구를 만난 뒤로는 기가 약한 나 같은 사람이라도 마지막 날까지 사과나무를 심어야지 하고 어렴풋이나마 결심하게 되었지. 투르에서 우승하지는 못하지만 사과나무를 심는 정도는 할 수 있잖아. 그러니까, 1퍼센트면 충분하단 말이야."

니노미야 선생님은 가운 소매로 눈물을 문질러 냈습니다.

"알았어. 그게 이시마루 노부히코가 사는 방식이란 말이지. 마지막 순간까지 삶을 다 살겠다는 게……. 골인 지점까지는 필사적으로 달린다. 그게 인간으로서의 의무다.

그런 모습을 바다 위로 흐르는, 눈에 보이지 않는 바람만은 지켜보고 있다는 거지. 알았어, 알았다고. 난 의사로서 아무것도 하지 못할 지는 모르지만 그래도 잘 알았다고……."

커튼을 확 닫더니 니노미야 선생님은 일어서서 나갔습니다.

겨우 20분 남짓 사이에 생긴 일이었지만 니노미야 선생님과 노부 씨는 의사와 환자라는 틀을 초월해서 같은 인간으로서 진지한 대화를 나눈 것처럼 보였습니다.

두 사람의 이런 대화를 들어버린 저는 저 자신이 부끄러워졌습니다.

아버지의 도망과 되풀이되는 전학 속에서 자기만 생각하는 인간이 되었고, 돈만 있으면 무슨 일이든 다 할 수 있다고 믿게 되어, 특기인 축구를 통해 이기적인 꿈만 꾸고 있었습니다. 그러다가 지금은 골육종일지도 모른다는 걱정과 전이되었을 가능성 때문에 주변에 있는 많은 사람들에게 큰 폐를 끼치고 있습니다. 제가 얼마나 보잘것없고 하찮은 인간인지 절실히 느꼈습니다.

그런 저에 비해서 이 두 분은 얼마나 큰 존재인지 모릅니다. 서로를 인정하고 존경해 주면서 두 분은 더욱 큰 힘을 얻고 있습니다.

그것이 인간에 대한 사랑 때문인지 서로에 대한 우정 때문인지는 잘 모르겠습니다. 다만 노부 씨와 니노미야 선생님의 그런 모습 속에서 제가 뭔가 큰 것을 얻었다는 느낌이 들었습니다.

그때입니다. 빈스의 책을 준 사람, 그리고 빈스의 자필 사인을 받아준 사람이 노부 씨라는 확신이 들었습니다.

'노부 씨는 어떻게 내가 빈스를 동경하고 있었다는 것을 알 수 있었을까?'

한순간 그런 의문이 생겼지만 그런 것은 아무래도 상관이 없다고 생각했습니다.

미호가 한 짓이라고는 하지만 그렇게 건방진 편지를 받았는데도 노부 씨는 어떻게든 저에게 용기를 주려고 힘든 몸을 이끌고 빈스의 책을 사 주었고, 거기에 사인까지 받아 준 것입니다. 뭐라고 감사의 말을 전해야 할지…….

항암제 치료 때문에 체력이 극심하게 떨어진 노부 씨는 기진맥진해서 침대에 누워 있었습니다.

저는 커튼 하나를 사이에 두고 누워 있는 노부 씨에게 고맙다는 말을 하려고 했는데 어떻게 말해야 할지 몰랐습니다.

자신의 운명을 원망하는 짓은 이제 하지 말아야겠다는

결심이 들었고 마음속에 작은 용기가 솟아났습니다.

가끔씩 괴롭게 헛구역질하는 소리가 점점 잦아들더니 노부 씨는 한동안 잠 속으로 빠져든 모양이었습니다.

저는 어두컴컴한 간호사 대기실로 가서 간호사에게 새로운 얼음베개를 받아서 노부 씨의 얼음베개를 가만히 바꿔 주었습니다.

지금의 제가 할 수 있는 일이라고는 그 정도밖에 없었기 때문입니다.

이튿날, 저는 문병하러 온 미호에게 어젯밤에 있었던 일을 모두 이야기해 주었습니다.

두 사람의 대화가 얼마나 심오한 것이었는지, 지금까지의 내 모습이 얼마나 보기 싫은 것이었는지, 그리고 조금씩이지만 앞으로는 내 자신을 바꿔 나가려고 한다는 것 등등 어느새 한 시간 이상이나 열심히 떠들었습니다.

미호는 도중에 울음을 터뜨렸습니다.

저는 지금껏 나른 사람과 마음을 주고받으면서 대화를 나눈 적이 없었는지도 모릅니다. 적어도 그 야반도주를 하던 날 이후로 그런 일은 한 번도 없었다는 생각이 듭니다.

마음을 여는 것이 이렇게도 기분 좋은 일이었다니…….

너무 길어졌지만 저는 이런 것을 깨닫게 해 준 노부 씨에게 감사하다는 뜻을 제대로 전하고 싶습니다. 노부 씨에게 어떻게 해 주면 그 분이 가장 좋아할지 친분이 있는 준이치 씨라면 아시지 않을까 싶어서 이 편지를 썼습니다. 상담을 해 주시겠어요? 조만간 'Heaven'으로 찾아뵙겠습니다.

13층A 가와무리 유지

나는 'Heaven'의 문 앞에 선 채로 이 편지를 다 읽어버렸습니다.

그저께, "좋아" 하고 말하더니 나가서 30분 후에 시뻘겋게 충혈된 눈으로 돌아온 니노미야 선생님이 노부 씨와 이런 대화를 나누었다니, 그리고 그것을 옆에서 본 유지가 이런 편지를 쓰게 되다니…….

끝없이 흐르는 눈물을 닦아내면서 나는 문을 열었습니다.

'나는 암 전문가다. 벌써 20년도 더 암이라는 병과 싸워왔다. 그런데도, 그런데도…… 바다 친구 한 사람조차 구해주지 못한다.

무력하다……. 그래, 나는 무력하다. 나에게는 힘이 전혀 없다……. 도대체 암 전문가란 놈이 왜 이 정도밖에 안 되냐

는 말이다, 제기랄!'

아마 니노미야 선생님은 이렇게 생각했을 것입니다. 그래서 의사의 입장에서 환자인 노부 씨를 상대하는 것을 그만두고 인간 대 인간으로 노부 씨한테 말해야겠다고 결심했기 때문에 노부 씨에게 용기를 줄 수가 있었던 것입니다.

그저께 니노미야 선생님이 'Heaven'에서 나갈 때 중얼거렸던 "노부 씨한테 거짓말했는데"라는 한마디, 그것은 "1퍼센트 있을까 말까"라는 말을 가리킨 것이겠지요.

사실 가능성 같은 것은 전혀 없는데, 그러니까 가능성은 0퍼센트인데도 니노미야 선생님은 노부 씨에게 희망을 주기 위해 의사로서의 틀을 넘어서서 한 사람의 인간으로서 거짓말을 해 버린 것이 틀림없습니다.

유지가 이런 대화를 들을 수 있었던 것은 참으로 행운이었다고 할 수밖에 없습니다. 노부 씨랑 같은 병실에 있지 않았다면, 그리고 이런 대화를 듣지 않았다면 앞으로도 계속 그런 상태에 머물러 있었을지도 모릅니다.

네 사람의 운명이 크게 움직인 밤이었습니다.

내가 책상에 앉아 감회에 젖어 있는데 문을 노크하는 소리가 들렸습니다.

이렇게 이른 아침부터 예약된 환자는 없습니다. 누군가

싶어서 "네에" 하고 대답했더니 천천히 문이 열렸습니다. 거기 서 있는 사람은 양복 차림에 안경을 낀 남성이었습니다. 예전에 노부 씨 일로 암센터를 찾아왔던 요코하마 중앙은행의 사토 씨였습니다.

"아아, 사토 씨라고 하셨죠? 어쩐 일이세요, 이렇게 이른 시간에?"

"그게 실은 노부 씨가 걱정되어서 문병을 왔는데 면회시간이 아직 안 되었다고 병실에 들어가지 못하게 해서요."

사토 씨는 머리를 긁적이면서 대답했습니다.

나는 '여기에도 노부 씨한테 용기를 얻은 사람이 있었구나.' 하고 마음속으로 중얼거리고는

"면회시간이 되려면 아직 이르니까요. 그때까지 여기 계셔도 괜찮습니다."

하며 사토 씨에게 커피를 드리고 소파에 앉도록 권했습니다.

"주택융자금 일도 있고 해서 두 번 정도 노부 씨를 찾아왔었는데 그때마다 자꾸만 야위어 가는 모습을 보기가 딱해서……. 하지만 그래도 만나서 이야기하고 싶다는 생각이 자꾸 들어서 쓰키지까지 오게 되는 거지요."

사토 씨는 주섬주섬 이야기했습니다. 그러더니 내 쪽을 똑바로 바라보고는 강한 어조로 물었습니다.

"어떤 겁니까? 아무래도 노부 씨는 가망이 없는 건가요?"

그런 사토 씨의 날카로운 시선에 나는 순간적으로 놀라서 "아, 그, 그, 그게……" 하며 사토 씨한테서 시선을 돌리고 말았습니다.

"하기야 편지 대필만 해 주시는 준이치 씨한테 물어봐야 잘 모르시겠지요……."

사토 씨는 고개를 푹 떨어뜨리고 말았습니다.

사토 씨는 노부 씨한테서 용기와 희망을 얻었습니다. 그리고 그 은혜를 갚으려고 노부 씨의 주택 구입을 위해 진력해 주었습니다. 그런데 그 노부 씨가 암에 걸렸습니다. 그것도 말기 암이라고 합니다…….

사토 씨가 안절부절못하고 걱정하는 마음도 충분히 이해가 됩니다. 나는 그런 모습을 차마 더 볼 수 없어서 아까 읽었던 유지의 편지를 사토 씨에게 말없이 내밀었습니다.

"이게……?"

"노부 씨랑 같은 병실에 있는 고등학생한테 오늘 아침에 받은 편지입니다. 혹시 생각이 있으시면 한번 읽어보세요."

나는 그 말을 남기고 베란다 쪽으로 걸어갔습니다.

사토 씨는 봉투를 뒤집어 보더니 "가와무리 유지?" 하고 한마디 중얼거리고는 안에서 편지를 쑥 뽑아냈습니다.

한참 있다가 돌아보았더니 사토 씨는 눈물을 뚝뚝 떨어뜨리면서 중얼중얼 뭔가 혼잣말을 하고 있었습니다. 나는 그런 사토 씨의 모습에 편지를 보여주지 말걸 그랬나 하는 생각이 들어 허둥지둥 안으로 돌아왔습니다.

　"역시 가망이 없었구나……. 하지만 내가 보낸 노란 표지의 책을……, 빈스의 책을……, 그렇게 소중하게 읽어 주었었다니……."

　하며 오열을 토하고 있었습니다.

　나는 놀랐습니다. 처음에 사토 씨가 이곳에 찾아왔을 때 말하던 '익명으로 노부 씨에게 보낸 투병기'가 바로 빈스의 책이었던 것입니다. 그리고 그것을 노부 씨는 손때가 묻어 반질거리고 너덜너덜해질 정도로 몇 번씩이나 읽었던 것입니다.

　나는 아무 말도 하지 않은 채, 아니 정확하게 말하자면 아무 말도 하지 못해서 가만히 사토 씨를 바라보고 있었습니다.

　그런데 갑자기 'Heaven'의 문이 벌컥 열렸습니다. 미즈호 씨였습니다.

　미즈호 씨는 사토 씨를 보자마자

　"사토 씨, 왜 그러세요?" 하며 눈이 휘둥그레졌습니다.

　사토 씨는 놀라고 있는 미즈호 씨의 존재를 알아차리지 못했는지

"준이치 씨, 고맙습니다. 잘 알겠습니다." 하고 눈물을 흘리며 힘 있게 말하더니 자리에서 일어섰습니다.

문 앞까지 가더니 뭔가 생각이 났는지 뒤를 돌아보며

"이 가와무라 유지라는 애는 설마 축구를 하는 그 가와무라 유지는 아니겠지요?" 하고 물었습니다.

나는 깜짝 놀라 "아, 그, 그게……" 하고 말문이 막혀버렸습니다.

유지는 축구계에서는 유명한 아이입니다. 사토 씨도 대학 시절에는 이름이 알려진 축구 선수였습니다. 그러니 유지를 모르는 편이 이상하다고 봐야겠지요.

하지만 유지가 암일지도 모른다는 사실, 그리고 이 암센터에 입원하고 있다는 사실이 내 입을 통해 사토 씨에게 알려지는 것은 바람직한 일이 아닙니다.

"그런 겁니까? 토도 고등학교의 가와무라 유지 맞습니까?"

사토 씨는 거칠게 나를 다그쳤습니다. 미즈호 씨는 미간에 깊은 주름을 만들면서 나랑 사토 씨를 번갈아 노려보고 있었습니다.

더 이상 숨길 수가 없겠다 싶어서

"네, 실은 그렇습니다. 다만 그 애는 아직 암이 확실한 것이 아니라 검사를 위해 입원했을 뿐입니다. 그러니까 절대로 아무에게도 말씀하시면 안 됩니다. 부탁드립니다. 아셨지요?" 하고 얼버무렸습니다.

"알겠습니다."

사토 씨는 양복 소매로 눈가를 훔치면서 'Heaven'에서 나갔습니다.

미즈호 씨가

"문제가 생기는 것 아니에요, 선생님?" 하고 불만스러운 말투로 따지고 들었습니다.

"아니, 그게, 노부 씨랑 같은 병실이니까 사토 씨가 노부 씨를 찾아갔을 때 벌써 만난 적이 있겠거니 싶어서……."

적당히 변명하면서도 마음속으로는 반성을 했습니다. 이곳은 암센터이고 암 환자나 혹은 암에 걸렸을 가능성이 있는 사람만 입원할 수 있는 병원이니까 자기가 암이라는 사실, 또는 암일지도 모른다는 사실은 환자는 물론, 환자를 찾아오는 방문자들도 모두 알고 있습니다. 그러나 그것을 의사 입을 통해서 제3자가 알게 되었다면 참으로 경솔하고 생각이 모자란 행동이라고 할 수밖에 없습니다.

"또 하라다 부장님한테 야단을 맞겠네……." 온몸에서 힘이 쭉 빠져버렸습니다.

"그래요. 조심하셔야죠. 그러나저러나 요리사를 하던 시미즈 씨라는 분 기억하세요, 선생님?"

잊어버렸을 리가 없습니다. 예전에 불량소년에다 폭주족이었다가, 지금은 놀이방과 초등학교 저학년, 초등학교 고학년에 다니는 세 명의 아이를 가진 30대의 아버지로, 마음을 고쳐먹고 요리의 길로 들어가 고급 일식집에서 10년을 일하며 15명의 요리사들 중에서 세 번째 지위까지 오르게 된 대단한 사람입니다.

그러나 30대에 갑자기 간암이라는 십자가를 지게 되자, 그동안 부인과 함께 그려 왔던 소박한 인생 설계가 허무하게 무너져버렸습니다.

그 뒤로는 치료를 위해 수도 없이 입원과 퇴원을 되풀이하고 있습니다. 재발과 전이가 거듭되는 암 때문에 일도 제대로 하지 못하게 되어 점점 주변 사람들한테서도 냉대를 받게 되었다고 했습니다.

나사 공장에서 파트타임으로 일하던 기가 약한 부인은 "저 사람이 암에 걸린 건 다 너 때문이다" 하며 부모와 형제, 친척들한테서 손가락질을 계속 당하는 바람에 신경불안증을 앓게 되었다고 합니다.

'편지센터 Heaven'을 개설했을 당시에 "폭주족도 그만두고 요리사가 되어서 10년 이상이나 열심히 살아온 내가, 성실하고 착하게 살려고 노력해 온 내가 어째서 암 같은 병에 걸려야 하는 거야? 어째서! 세상에 하나님도 부처님도 없단 말이냐!"며 분에 못 이겨 펄펄 뛰면서 나에게 '분노'의 편지를 의뢰했습니다. 그 편지는 너무나도 이해심이 없는 부모님이나 형제들, 혹은 동료들에게 자기가 죽은 다음 장례식에서 낭독하게 하려던 것이었습니다.

시미즈 씨는 암에 걸리는 바람에, 건강한 사람, 사지가 멀쩡한 사람이라면 결코 경험할 일이 없는 괴로운 죽음의 그림자 속을 한 발짝씩 천천히 걸어온 30대의 젊은이였습니다.

동년배인 나에게도 언제 어느 때 병마가 닥쳐올지 모르는 일입니다. 만약 내가 시미즈 씨처럼 암이라는 무거운 십자가를 어느 날 갑자기 짊어지게 된다면 도대체 어떻게 현실을 받아들이고 어떻게 살게 될지…….

잊을 수 없는 환자였습니다.

"아니, 시미즈 씨 얘기는 갑자기 왜 꺼내요?"

나는 걱정이 되어서 물었습니다.

"그게요……."

미즈호 씨는 어두운 표정으로 고개를 약간 숙이며 말했습니다.

"사실은 항암제 치료 때문에 다시 입원했다고 하더라고
요."

"아니, 또요?"

내가 아는 한 벌써 입원 횟수가 2년 동안에 10번, 아니 다
른 병원에 간 것까지 합치면 15번도 더 되는 것으로 알고 있
습니다.

시급 950엔짜리 아르바이트 생으로 전락해버린 몸으로 어
린 자식들 끼니나 제대로 챙겨주고 있는 것인지 모르겠습니
다. 마음의 병이 생긴 부인은 어떻게 지내고 있는 것일까요?
생각하면 할수록 불안한 마음만 쌓입니다. 미즈호 씨가 조
용히 말을 이었습니다.

"실은 16층의 4인실에 있는 어느 환자 분한테 편지를 전해
드리려고 갔을 때 우연히 시미즈 씨 옆 침대에 있는 사람이
'내 옆에 있는 젊은 오빠는 30대의 창창한 나이에 호스피스
로 가야 한다나 봐, 정말 딱한 일이지' 하고 이야기하는 소
리를 늘어버렸거든요."

듣자하니 일본에서도 최고로 손꼽히는 이 암센터에서조
차 치료가 불가능할 정도로 상태가 나빠져서 '길어야 반년
밖에 안 남았으니까 남은 시간을 뜻있게 보내도록 하세요.'
라고 의사가 말했다는 것입니다.

시미즈 씨는 암이라는 병을 정면으로 마주보며 열심히 싸워 온 사람입니다. 때로는 피도 눈물도 없는 세상이라며 현실을 원망한 적도 있었지만 그런 상황 속에서도 그야말로 필사적으로 하루하루를 살아온 사람입니다.

어째서 하느님은 그렇게 좋은 사람한테 이토록 가혹한 운명을 내리는 것일까요?

'편지센터 Heaven'의 식물원 입구에 놓인 개구리 인형 쪽에서 "어서 옵쇼" 하는 전자음이 들려왔습니다.

선실의 둥근 창문으로 확인해 보았더니 방금 화제에 올랐던 시미즈 씨가 승천하는 용이 그려진 점퍼를 입은 차림으로 우뚝 서 있었습니다.

오랜만에 다시 보는 얼굴이었습니다. 미즈호 씨와 나는 당장 선실에서 뛰어나가 꽃들이 음이온과 좋은 향기를 내뿜고 있는 식물원 입구로 향했습니다.

시미즈 씨는 고개를 꾸벅 숙였습니다. 오른손은 유압펌프가 달린 링거 캐스터를 잡고 있었습니다.

"오랜만이네요. 자, 어서 이쪽으로 들어오세요."하며 우리는 'Heaven' 안으로 시미즈 씨를 맞아들였습니다.

여전히 부끄럼이 많아서 처음에는 자기 일을 별로 말하려고 하지 않았던 시미즈 씨도 미즈호 씨가 부드럽게 이런저런 것들을 물어보자 서서히 말문이 트였습니다.

이번에 받는 항암제 치료에 대한 것, 부작용은 적었지만 종양 마커나 혈액검사 결과는 별로 신통치 않았다는 것 등을 조금씩 털어놓았습니다.

그러더니 시미즈 씨는 레카로 사 제품의 리크라이닝 의자를 뒤로 젖히고 눈을 감았습니다.

"준이치 씨, 이대로 눈을 감은 채로 이야기해도 될까요?"

"아, 그럼요."

몸이 약해져서 컨디션이 들쑥날쑥 순식간에 바뀌는 시미즈 씨한테는 눈을 뜬 상태에서 상대방을 똑바로 쳐다보고 이런저런 신경까지 쓰면서 떠든다는 행위 자체가 고통일 것입니다.

미즈호 씨도 시미즈 씨의 어깨를 주물러 주면서 "긴장을 풀고 편안하게 계세요." 하며 눈물을 머금고 말했습니다.

그런 미즈호 씨의 진심이 담긴 '치료'가 효과를 발휘했는지 눈을 감은 채로 시미즈 씨는 주섬주섬 자기 이야기를 하기 시작했습니다.

"지난번 항암제 치료 때였어요. 만약에 다음번 항암제도 효과가 없으면 안됐지만 호스피스를 소개해 드려야겠다는 소리를 들은 게…….

처음에는 의사가 무슨 소리를 하는지 알아듣지 못했지요. 일주일 만에 치료를 끝낸 나는 집으로 돌아가서 호스피스가 뭔지 알아보려고 아내랑 같이 근처 도서관으로 가서 보통 때는 있는 줄도 몰랐던 책들을 잔뜩 빌려와서 닥치는 대로 읽어 봤어요.

그 책을 보았더니 내 목숨이 길어야 반년 밖에 안 될 것이고, 그 정도가 되면 의사가 호스피스로 가는 소개장을 써 준다고 되어 있더군요. 호스피스 시설이라는 게 더 이상 적극적인 치료를 받을 수 없게 된 환자가 통증 완화 관리만 받으면서 마지막으로 고통에서 해방되어 죽어가는 사람들과 함께 지내는 곳이고, 죽음을 받아들일 준비를 갖춰 가는 곳이라는 사실을 그때서야 알게 되었지요.

아직 30대 초반밖에 안 된 내가 왜 라는 생각이 들더군요. 마누라도 울더라고요. 아이들도 무슨 일이 벌어졌는가 싶어 걱정스러운 표정들을 하고…….

호스피스에 들어가자마자 그날 오후에 죽어버리는 사람도 있고, 반년 동안 살아 있는 사람도 있고, 사람마다 다 다른 모양이더군요. 어쨌든 그렇게 알고 이번에 병원에 왔는데 치료 결과가 안 좋게 나왔어요.

집 근처에 있는 호스피스 시설에 줄 소개장을 의사한테

몇 통 받았지요.

언젠가 오리라고 알고는 있었어도 마지막 날이 이렇게나 빨리 오게 되다니…….

너무 갑작스러운 일이라 마누라도 멍하니 넋이 나간 사람 같더라고요.

그래도 요즘에는 정신과에서 받은 약이 잘 듣는 것 같고, 또 역시 여자가 남자보다 뚝심이 있는지 신경불안증세도 점점 없어져서 이제는 버스 안이라든가 사람들 속에서 쓰러지는 일은 거의 없어졌지요.

결과를 들은 후에 그나마 위안이 된 건 마누라가 한 말이었어요. 마음의 병을 경험하면서 인간적으로도 많이 성숙한 것 같아서 난 정말 기뻤어요.

'힘내요, 당신 아직 죽지 않을 거예요.' 라는 식의 막연한 위로의 말 같은 것은 한마디도 하지 않았어요. 그 대신에 '지금까지 참 힘들었지요? 하지만 마지막 순간까지 난 당신과 함께 있을 거예요' 라고 말해 주더라고요. 그 말이 얼마나 고마웠는지 몰라요.

'힘내라, 용기를 내라' 하고 알지도 못하면서 떠들어대는 놈들을 보면 속이 뒤집혀요.

그런 말을 하는 놈들은 그냥 내가 죽으면 자기가 슬프니까, 아직 친구의 죽음을 받아들일 준비가 안 되었다는 자기 사정만 내세우고 있을 뿐이라는 걸 오랜 투병생활 속에서 알게 되었거든요.

그런 말을 하는 놈치고 무책임하지 않은 놈이 없고, 결국에는 자기 생각밖에 안 하는 거지요. 진짜로 내 마음을 알려고 하거나 이해하려고 다가올 생각은 조금치도 없으면서.

앞일을 생각하면 1분 1초라도 내가 더 살아 주기를 바라는 마누라의 마음은 그 행동거지나 눈길만 보아도 충분히 알 수 있었어요.

나야 원래 학생 때도 삐딱하게 지내던 놈이었고 고등학교도 중퇴한 몸이잖아요? 그러니까 어떻게 말해야 할지 잘은 모르겠지만 커뮤니케이션이라고 하는 건 말이 다가 아니라는 생각이 든다는 거죠."

맞아요, 맞아요, 하면서 눈물 어린 얼굴로 미즈호 씨가 끄덕이고 있습니다.

"미즈호 씨도 그렇게 생각해요?"

손수건으로 눈물을 닦으면서 미즈호 씨는 모기 우는 것처럼 작은 소리로 대답했습니다.

"그래요, 저도 그렇게 생각해요. 커뮤니케이션을 할 때 말이 차지하는 비율은 반도 안 될 거예요. 표정이나 눈의 움직임만 보고도 때로는 입으로 하는 말과 전혀 다른 생각을 한다는 사실을 알게 될 때도 있으니까요."

미국에서 30년 이상 임상심리학의 최전선에 있던 미즈호 씨는 역시 다릅니다. 이해해 주는 사람이 생기자 반가운 표정으로 시미즈 씨가 말을 계속합니다.

"고맙네요. 알아 주셔서.

우리 마누라도 힘들 거라고 생각해요. 내가 저 세상으로 가버리면 돈도 없는데 마음의 병까지 있는 사람이 애 셋을 어떻게 키우며 살아야 할지 아마 불안해서 죽을 지경일 겁니다.

그런데도 나한테는 '힘내라!'는 말을 한마디도 안 해요.

나는 마누라 눈에 눈물이 맺힌 것을 보고, 철모를 때 애가 생겨서 한 결혼이기는 해도 이 여자랑 결혼하기를 정말 잘했다고 생각했지요.

나를 제일 잘 이해해 주는 사람이 이렇게 가까이 있는 거잖아요. 이 상황에서 지기가 불안하다고 자꾸 힘내라고, 살아 보라고 들쑤시는 마누라였으면 난 아마 반년 동안 살아갈 힘도 안 남았을 거예요."

나는 그저 연필로 공책에 마지막 선고, 6개월 남음, 호스피스라고 적어놓기만 했을 뿐 아무것도 해 줄 말이 떠오르

지 않았습니다. "마지막 남은 시간을 즐기세요."라는 말은
너무 경솔한 것 같아서 도저히 할 수가 없습니다.

나도 시미즈 씨와 마찬가지로 11살인 키요미와 하루미라
는 쌍둥이 딸들의 아빠입니다.

앞으로 우리 아이들이 아빠를 필요로 할 때도 그 아이들
을 안아 줄 수 없고, 야단을 쳐 줄 수도 없고, 그 애들이 방
황하고 있을 때 올바른 길을 가리켜 줄 수도 없고, 경제적으
로도 월세아파트에 살면서 생명보험도 없고……. 복잡한 생
각들이 시미즈 씨의 머릿속에서 맴돌고 있는 것이 내 눈에
도 역력하게 보였습니다.

내가 시미즈 씨 같은 상황에 처해 있다면…….

"그래도 나쁜 일만 생기는 건 아니더라고요. 이번에 입원
했더니, 세상에, 내가 다니는 일식집의 사장님 부부가 문병
을 온 거예요. 칸토 지역에만도 10개 가까운 점포를 거느리
고 있는 사장님이 나 같은 아랫사람을 문병하러 오시다니
보통 같으면 있을 수 없는 일이지요.

항암제 부작용으로 38.5도나 되는 고열과 구역질에 시달
리며 기진맥진해서 누워 있던 내가 사장님 얼굴을 보고는
정신이 번쩍 들어서 나도 모르게 침대 위에서 무릎을 꿇었
지요.

같이 오신 사모님이 그냥 누워 있으라고 다정하게 말씀해 주셨어요.

처음에는 어째서 사장님 부부가 일부러 찾아오셨는지 영문을 몰랐어요. 그런데 사장님이 이런 말씀을 하시더라고요.

'이번에 부동산사업부에서 큰 아파트를 세웠네. 그 1층에 조그맣기는 하지만 10명 정도는 들어가는 점포 공간이 있어.

자네는 예전에 독립하면 부인이랑 같이 카레 전문점이나 해야겠다고 말했다면서. 만약 자네 체력이나 기력이 된다면 부인이랑 둘이서 새로운 일에 도전해 보는 것이 어떨까 싶어서 하는 말일세. 내가 주제넘은 제의를 하는 것이라면 용서해 주게.

자네는 지금 일하는 그 일식집을 내가 시작할 때부터 10년 이상이나 성실하게 열심히 일해 주었어. 그런데 요 2년 동안 얼마나 힘들게 살아왔는지 부주방장한테서 내가 다 들었네.

내가 말한 그 가게는 언제든 열 수 있어. 만약 자네가 하겠다면 당장이라도 카레 전문점으로 내장을 시작하려고 하네.

부인, 부군 상태가 이런데 이런 이야기를 꺼내는 게 큰 실례인 줄은 압니다. 하지만 만약 이것이 시미즈 군에게 살 힘이 되어 준다면 하는 바람에서 드리는 말씀입니다.

물론 어린아이들이 장성할 때까지 계속 기적이 일어나서

시미즈 군이 잘 살아 준다면 더할 나위 없이 좋겠지요. 하지만 그렇지 못하더라도 적어도 아이들에게는 희망을 가지고 요리를 해서 손님들을 기쁘게 해 주는 아버지의 모습을 다시 한 번 보여줄 수 있지 않을까 하는 생각에서 이런 이야기를 꺼낸 것입니다.

개업자금, 운영자금은 일이 잘되면 그때 갚게. 만약 장사가 잘되어서 독립하고 싶은 생각이 들면 그때 가서 다시 의논해 보자고.

시미즈 군, 당장 대답할 필요는 없지만 한 번 생각해 보지 않겠나?

처음에는 너무 갑작스러운 이야기라서 어안이 벙벙할 따름이었지만, 점점 사장님께서 하신 말씀이 무슨 뜻인지 이해가 되면서 눈물이 쏟아져 나오더군요."

참으로 멋있는 사장님 부부입니다. 종업원을 가족처럼 위해 주고, 채산성도 따지지 않고 가게를 내주겠다고 제안하다니 시미즈 씨도 참 좋은 직장에서 일해 온 것 같습니다.

"그래서 카레 전문점 정도라면 설사 내 상태가 나빠진다고 해도 지금은 그저 애비를 노려보기만 하는, 중학교 다니는 철없는 큰놈도 조금은 가게를 돕게 될 수 있을 지도 모르겠다고 생각했지요.

사장 사모님도 다정한 얼굴로

'장사가 잘 안 되어도 괜찮아요. 사실 사업이란 건 실패하는 경우가 훨씬 많은 게 보통이니까. 위험 부담은 우리가 질게요. 몸 상태 봐 가면서 점심때만 영업해도 상관없어요.'

그렇게 진심이 담긴 눈길로 따뜻한 말씀을 하시는 바람에 마누라까지 눈물을 흘리고 말았지요."

시미즈 씨는 생기가 넘치는 눈으로 이야기를 계속했습니다.

"나도 나중에서야 알았는데 장사 수완이 뛰어난 그 사모님도 사실은 마음의 병을 앓고 있어서 벌써 오랫동안 심리 치료를 받으며 살아온 모양입디다.

그때 당시만 해도 눈에 보이지 않는 마음의 병은 사회적으로 인정도 받지 못해서 '게으름 병'이라는 소리를 들으면서 무척 고생도 많이 했고, 어둡고 음습한 숲속을 방황하는 기분으로 살았다고 하네요.

예전에 심리내과에서 진찰을 받으면서 마누라랑 내가 상담하는 의사 선생님한테 카레 전문점을 차리는 꿈에 대해서 이야기했을 때 자바라 문 건너편에서 자기 차례를 기다리고 있던 사모님이 그 이야기를 처음부터 끝까지 다 듣게 되었다는군요. 나중에 내가 자기 점포에서 일하는 요리사인 줄 알게 되자 도와 줄 수 있는 방법이 없을까 하고 이런저런 궁리를 하면서 마음을 써 주었던 것이지요.

아파트 한 쪽에 적당한 공간이 있다는 사실을 우연히 알게 된 사모님은 사장님이 직접 나서면 다른 종업원들에 대한 형평성 문제도 있고 하니 사모님 자신의 자금과 재량으로 가게를 열어 줄 수 없겠느냐, 처음 1년 정도는 두 사람 월급이랑 경비를 사모님이 내겠다며 사장님한테 말씀을 꺼내신 것이라고 하더군요.

마누라도 나도 그 따뜻한 배려 앞에서 그저 눈물만 나오더군요.

대부분의 암 환자들이 겪는 현실은 나랑 전혀 반대지요. 지금까지 자기를 위해 주던 사람들이 하나씩 둘씩 말없이 떨어져 나가게 마련입니다.

사실 나도 일하기가 점점 힘들어지고 월급도 자꾸만 줄어드니까 가게가 나를 버렸구나 하고 혼자 생각하기도 했었지요.

모두들 자기 한 몸 건사하기도 힘들다는 것은 충분히 이해할 수 있어요. 그래도 쓸쓸하기는 마찬가지예요.

더구나 경제적인 부담도 엄청납니다. 나야 저소득자로 등록되어 있어서 의료비도 상한액이 정해져 있으니까 한 번 입원하는 데 10만 엔을 넘어가는 일은 없지만 그래도 마누라가 하는 나사 공장 파트타임 월급만 가지고는 입에 풀칠하기도 힘듭니다.

그래서 마누라는 거의 매달같이 고액 의료비 대출신청을 위해 구청에 드나들 수밖에 없어요. 구청에 있는 담당 직원도 고마운 사람이어서 이상한 곳에서 돈을 빌렸다가 공연히 더 큰일을 당하지 말고 꼭 그 전에 의논해 달라고 말해 주었답니다.

세상에는 착하고 따뜻한 사람도 많아요. 머리도 나쁘고 아는 것도 없는 우리지만 그런 마음이 고마울 따름이었지요. 정말이지 고리대금에 손을 대기 일보 직전이어서 아이들 학교에 내야 하는 교재비까지도 이런저런 이유를 대며 미루고 있을 정도였어요."

잠시 보지 않는 사이에 시미즈 씨는 마지막 선고, 남에게 말할 수 없는 경제적 어려움, 병마와의 싸움 등 여러 가지 시련을 겪고 있었던 것입니다.

"준이치 씨."

"아, 네?"

"준이치 씨가 만약 앞으로 반년밖에 안 남은 목숨이다, 호스피스로 가라는 소리를 들었다면 어떤 생각이 들었을 것 같아요?"

나는 말문이 막혔습니다. 많은 환자 분들의 편지를 대필

해 주면서 암 환자의 심리를 조금이나마 이해하게 되었다고 나름대로 믿고 있었습니다.

그러나 막상 자기 일로 '죽음'이 눈앞에 닥친 경우를 생각하자 환자들을 이해했다는 것도 전부 머릿속에서 나온 지식에 불과하다는 사실을 뼈저리게 느낄 수밖에 없었습니다.

나는 시미즈 씨 같은 아픔을 알지 못하는데…. 아무런 대답도 하지 못했습니다. 몸에서 힘이 빠져 어깨가 축 늘어졌습니다. 정신과 의사라는 주제에…….

정적 속에서 시간이 흘렀습니다.

"준이치 씨, 기분을 상하게 했다면 죄송해요. 하기야 당연하지요. 이렇게 건강한 준이치 씨한테 앞으로 반년밖에 안 남은 목숨이라는 소리를 해 봐야…….

지난번에 간을 잘라내는 수술을 받았을 때 니노미야 선생님하고 이야기한 적이 있었어요. 그 선생님은 너무 적나라하게 말을 하는 사람이라 처음에는 싫었는데 그때는 좋은 말을 해 주시더군요.

'시미즈 씨, 이 일은 젊은 나이에 여러 가지 책임을 안고 사는 시미즈 씨한테는 정말 무거운 현실이라고 생각해요. 솔직히 말해서 현실이 너무 잔인할 때가 있지요. 가능하다면 나도 이런 말을 시미즈 씨한테 하고 싶지는 않아요.

다른 병원의 내과나 방사선과처럼 적당히 말을 얼버무리면서 CT나 MRI 검사를 5년 정도 질질 끌며 계속하다가 화면상으로 전혀 아무런 변화가 보이지 않게 되면 '자 다 나았습니다!' 하고 환자한테 말해 주는 방법도 물론 있기는 합니다. 아니, 그런 식으로 하는 게 요즘 추세지요. 의사도 바쁘니까요.

하지만 MRI나 CT, 초음파 같은 기계적인 검사는 그게 아무리 정확해도 궁극적으로는 의사의 진단을 도와 주는 자료에 불과합니다.

혈액검사도 마찬가지예요. GTP가 얼마나 올랐네, FHP나 CRP가 높네 낮네 하면서 차트니 막대선 그래프를 만들어서 기입하는 환자들도 있지요. 하지만 말기암 환자 중에는 염증반응지표인 CRP가 정상 수치인 채로 죽는 사람도 있거든요.

내 말은, 그렇게 5년 동안 숨죽이면서 겁에 질려 살지 말고 지금 이 순간을 소중히 하면서 살자는 겁니다.

지난번 수술 때 내가 시미즈 씨 배를 열어 보았지요. 물론 간의 우엽은 엉망이었지만 그래도 좌엽은 아직 멀쩡하더군요. 그러니까 앞으로도 적극적으로 치료와 검사를 계속해 나갈 수 있어요. 자기를 위해서, 그리고 가족을 위해서.

그래서 말인데, 시미즈 씨. 암은 대개 5년 동안 재발하지 않으면 치료된 것으로 간주된다는 사실을 알고 있겠지요?

그런데 이 5년이라는 기간이 꽤 길어요. 5년 지나면 지금 초등학교 다니는 아드님은 고등학생이에요. 그 나이면 애비 얼굴만 보면 돈 줘! 소리나 하지 같이 공놀이도 해 주지 않을걸요. 따님들도 초등학교 고학년이 되겠네요.

언제 또 암이 재발할까 두려워하면서 겁을 먹고 살기에는 너무 아까운 세월이지요.

암에 걸린 경험이 있는 사람들은 거의 대부분 암 노이로제에 걸린다는 조사 결과가 전에 어디서 발표된 적이 있었지요. 목이 아프면 후두암인가 하고, 배가 아프면 위암이나 식도암, 항문이 아프면 직장암, 오줌이 시원찮게 나온다 하면 방광암이나 신장암, 아니면 전립선암인가 하는 식이지요. 다들 이 비관적인 '두려움'의 늪에 빠져 암에 대한 공포 속에서 인생을 살아간답디다.

하지만, 시미즈 씨는 그러지 맙시다.

사람은 말이죠, 실제로 닥쳐오는 시련이나 고난 그 자체보다도 그것이 '닥쳐올지도 모른다'는 두려움이나 불안, 예를 들면 내일 죽어버리면 어떡하지 하는 생각이나 내일 망해버리면 어떡하지 하는 생각, 그렇게 '불안이나 공포에 사로잡히는 것' 때문에 훨씬 더 피폐해지는 거예요.

진짜로 고난이나 시련이 찾아왔을 때는 대개 어떻게든 견

려내기 마련이지요. 그런데 그러려면 필요한 것이 있어요.

바로 용기예요. 거창한 용기를 말하는 게 아닙니다. 오늘 하루 살아갈 수 있을 만큼의 작은 용기만 있으면 그걸로 충분해요. 그것 말고는 긍정적으로 치료와 검진을 계속 받고, 마음 편하게 하고 싶은 일을 하면서 지내면 되는 거예요. 자유롭게 말입니다.'"

역시 니노미야 선생님은 관록이 다릅니다. 나는 여전히 고개를 숙인 채 아무 말도 못하고 있습니다.

"그런 니노미야 선생님의 말씀이 생각나서 난 마누라랑 의논하고 카레 전문점을 해 봐야겠다고 생각했지요.

내 목숨이 언제까지 계속될지 모릅니다. 아내의 마음의 병도 앞으로 어떤 방향으로 진행될지 모릅니다.

하지만 무리하지 않는 범위에서 점심때만이라도 영업을 해 보자고 결심했어요. 그래서 진짜로 맛있는 카레, 손님들이 만족스럽게 먹을 수 있는 카레를 둘이서 만들어 보자고 했지요.

이제는 목숨에 연연하는 것도 그만두자고 둘이서 이야기했어요."

그때 선실 침대에 숨어 있던 아이짱이 모습을 나타냈습니다.

"있잖아, 시미즈 아저씨."

"어, 그래, 아이짱이구나. 오랜만이야. 그새 많이 컸네."

아이짱은 쑥스러운 듯이 몸을 배배 꼬고 있습니다.

"아저씨도 얼굴이 전이랑 달라졌네."

"어, 그래?"

"응. 눈하고 볼하고 입하고 다 전보다 동그래졌어."

시미즈 씨는 쑥스러운 표정으로 항암제 때문에 그렇겠지 하고 말했는데, 그 말을 듣고 보니 정말 아이짱 말대로 심경의 변화가 시미즈 씨의 전체적인 표정까지 바꿔버린 것 같았습니다. 아이들의 관찰력은 예리합니다.

"아 참. 아이짱, 대낮의 보름달은 밝을 거라고 생각하니?"

시미즈 씨는 느닷없이 이상한 질문을 아이짱에게 했습니다.

"에? 대낮의 보름달?"

"아이짱은 아직 알아듣기 힘들겠지? 행복에 넘치고 꿈이 가득할 때는 보름달, 아니 희망은 아무리 빛나고 있어도 대낮에 보는 달 같은 거야. 희미해서 보이지 않지. 희망은 캄캄한 절망 옆에 있어야 환하게 빛이 난다는 거지. 이거 내가 너무 멋있는 말을 했나? 고등학교도 중퇴한 무식한 놈이. 하하하."

아이짱은 시미즈 씨와 함께 웃었습니다.

"준이치 씨. 그런 다음부터 난 마누라랑 병상에서 카레 전문점 차리는 이야기를 하는 게 너무 즐겁고 좋아서 내가 말기암 환자라는 사실을 잊어버릴 정도예요. 아프고 힘든 항암제 부작용도 전처럼 괴롭게 느껴지지 않게 되었고요.

사람이 가진 기의 힘, 특히 희망은 사람의 마음에 엄청난 힘을 주는구나 하고 알게 되었지요.

덕분에 마누라도 서서히 마음의 안정을 되찾아서 앞일을 걱정하는 것도 그만두고 매일 매일 오늘이 인생의 마지막 날일지도 모른다는 마음가짐으로 여기저기 카레 전문점을 돌아다니며 맛이나 가게 분위기를 연구해서 나한테 가르쳐 주고 있어요.

그때 사장 사모님이 하신 말씀이 귓가에 쟁쟁한 것 같아요.

'호스피스는 죽음을 기다리는 사람들이 가는 집이 아니에요. 실제로 호스피스에 있다가 퇴원하는 사람들도 드물기는 하지만 있다고 합니다. 시미즈 씨가 그렇게 될지 어떨지는 모르지만 끝까지 희망을 버리지는 말아요. 그게 시미즈 씨가 부인과 아이들을 위해 할 수 있는 가장 소중한 일이라고 생각해요.

시미즈 씨가 마지막 순간까지 희망을 버리지 않는다닌 그 마음은 틀림없이 아이들에게도 좋은 모습으로 남게 될 거예요.'

난 이제 아픔을 알게 되어서 다행이라고 생각해요.

폭주족으로 지내던 시절의 나는 무슨 일이든 '나는, 내가' 하면서 남의 아픔 같은 것은 전혀 생각하지 않았지요. 약한 놈은 지가 못난 것이다. 솔직히 그런 약해빠진 놈은 쓰레기통에 처박아버려도 싸다고 생각한 적도 있었습니다.

하지만 그건 잘못된 생각이지요. 암에 걸리고 이렇게 괴로운 경험을 하고서야 겨우 조금 알게 된 것 같아요. 지금까지 난 남의 마음 같은 것을 전혀 헤아릴 줄 모르는 바보 멍청이였어요. 약한 인간도 그러고 싶어서 약해진 것은 아닌데 말이지요.

나는 자기밖에 모르고 바보 같은 생각만 가지고 사람의 겉껍데기만 보고 살았어요. 정말 창피한 놈이지요.

앞으로 내가 언제까지 살 수 있을지 정말 모르겠습니다.

하지만 카레 전문점이라는 목표가 생긴 덕분에 인생을 보는 방법이 달라지게 되었어요.

목숨에 대한 것은 목숨에 대한 것이고, 카레 전문점은 카레 전문점이니까 내가 만든 카레를 맛있게 먹어 주는 손님이 있다면 그것을 마지막 순간까지 계속해야겠다.

목숨에 매달려서 연연하는 게 아니라 사는 보람을 잃어버리지 않도록 해야지 하고 마음을 먹었지요."

나는 시미즈 씨의 깊고 깊은 마음에 감동해서 아무 말도 할 수가 없었습니다.

2년 전에 분노의 유서를 대필해 달라고 부탁하러 왔던 시미즈 씨. 그랬던 사람이 이제는 현대 의학으로는 더 이상 손을 쓸 수가 없게 되어 6개월이라는 마지막 선고를 받았습니다.

하지만 그런 절망 속에서 카레 전문점이라는 희망이 생겼습니다.

얼마나 아름다운 일인지 모릅니다.

"이제 가 봐야겠네요. 마누라가 올 시간이 다 되었어요."

시미즈 씨는 일어섰습니다.

미즈호 씨와 나는 가게를 개업하면 꼭 연락해 달라고 신신당부했습니다.

승천하는 용이 그려진 점퍼를 걸치고 링거 캐스터를 손에 든 시미즈 씨는 "예" 하고 고개를 크게 끄덕이더니 병실로 돌아갔습니다.

사는 보람이, 꿈이, 희망이 이토록 엄청난 힘을 가지고 있다는 사실을 적나라하게 보여 주고 뼈저리게 느끼게 해 준, 참으로 밋진 한나절이었습니다.

그날 오후, 화려한 차림을 한 여자 하나가 19층의 'Heaven'

앞을 서성이고 있었습니다. 갈색 머리에 짙은 화장을 하고, 하이힐을 신고 있습니다. 같은 층에 있는 레스토랑으로 들어가는 것도 아니고, 그렇다고 창문으로 경치를 바라보는 것도 아니고, 그저 이쪽으로 갔다가 저쪽으로 갔다가 서성일 뿐이었습니다.

자세히 보았더니 지난번에 나를 몰아세우던 유지의 여자 친구, 레이라고 생각되는 여성이었습니다. 나는 순간적으로 바짝 긴장했습니다.

'어떡하지……? 나한테 또 뭐라고 추궁하려고 여기까지 온 건가?' 싶어서 보고도 못 본 척, 슬그머니 'Heaven'으로 들어가려고 했습니다.

그런데 같이 있던 미즈호 씨가 그녀의 수상한 행동거지를 보고는 말을 걸어버린 것입니다.

"어디 찾아요?"

그러자 그 여자는 머리카락을 쓸어 올리면서

"'편지센터 Heaven'이라는 데가 여기예요?" 하고 건방진 말투로 물었습니다.

나는 볼을 손으로 감싸고 고개를 푹 숙였습니다. 그대로 'Heaven'에 들어가버릴까 하는 생각도 들었지만 도무지 발이 움직여지지 않았습니다.

"여기는 환자들의 부탁을 받아서 편지를 대필하는 곳이에요. 여기 환자 분들은 모두 마음속에 힘든 일들이 많으니까 그 짐을 조금이라도 덜어 드리려는 목적으로 만들어졌지요……."

미즈호 씨는 친절하게 대답합니다.

"환자가 아니면 부탁 못해요?"

여자는 다시금 거만한 태도로 그렇게 묻습니다. 그와 동시에 그녀가 내 얼굴을 들여다보는 기척을 느꼈습니다. 나는 슬그머니 고개만 약간 들었습니다.

"그렇지는 않아요. 환자 가족 분들이나 친구, 또는 애인이라도 상관없어요."

미즈호 씨는 그렇게 말하더니 뭔가 순간적으로 알아차린 표정이 되었습니다. 어쩌면 이 여자가 미호의 고민거리라는 그 여자일지도 모르겠다고 생각한 모양입니다.

"아, 지난번에 만난 아저씨구나. 아직도 그 촌스러운 차림 그대로네. 하하하."

나는 머리를 긁적이면서 한동안 그녀를 바라보고 있었습니다. 그 여자도 여전히 화려한 옷차림으로 향수 냄새를 잔뜩 풍기고 있었습니다. 하지만 어쩐지 그 얼굴에서는 예전과 같은 위세가 느껴지지 않았습니다.

미즈호 씨는 노골적으로 불쾌한 표정을 지으면서

"당신이 지난번에 유지의 병실에 있었다는 아가씨예요? 유지 대신에 여기 온 건가? 안에 들어가서 커피 한잔 하겠어요? 전망도 참 좋은데."라고 말하며 그녀의 등을 가볍게 밀면서 'Heaven'으로 가자고 하였습니다.

나는 그날 이후로 유지에 대한 것과 거의 비슷할 정도로 그녀의 일이 마음에 걸렸는데 이렇게 갑자기 다시 만나리라고는 생각지도 못했습니다. 마음의 준비가 되어 있지 않았던 것입니다. 이마에 비지땀이 배어나오는 것을 느끼면서 셋이 함께 'Heaven'으로 들어갔습니다.

미즈호 씨가 커피를 따르면서 "이름이 뭐지?" 하고 묻자 "레이예요. 이가라시 레이."하고 대답했습니다.

내가 무슨 말을 해야 좋을지 몰라 엉거주춤하니 입을 다물고 있었더니 미즈호 씨가 다시 나섰습니다.

"그냥 레이라고 이름을 불러도 될까?"

그녀가 고개를 살짝 끄덕이자 미즈호 씨는 더욱 직설적으로 찔러보았습니다.

"단도직입적으로 묻겠는데 유지에 대해서 어떤 감정을 가지고 있어?"

나는 깜짝 놀랐습니다. 처음 보는 사람한테 어떻게 그런 질문을 할 수 있는지 신기할 따름입니다.

"뭐예요? 그게 아줌마하고 무슨 상관인데요?"

지난번에 나에게 보였던 태도와 마찬가지로 레이는 어른들을 비웃는 듯한 말투로 대꾸했습니다.

방금 전까지 예전의 그 위세가 느껴지지 않는다고 생각했는데 역시 여전하구나, 아까 그렇게 느낀 것은 그냥 내 오해였구나 하는 생각이 들면서 동시에 어떤 것이 눈에 들어왔습니다. 미즈호 씨의 시선도 나랑 같은 방향을 향하고 있었습니다.

컵을 양손으로 잡은 그녀의 손 중에서 왼손 검지와 중지에 섭식장애 때문에 생긴 것으로 보이는 굳은살이 도드라지게 눈에 띄었던 것입니다. 그 굳은살은 상당히 오래전부터 있었던 것으로 보였습니다.

살을 빼는 것으로 이성의 시선을 끌고, 사랑받기를 원하고……. 하지만 아무리 많은 이성과 사귀어 보아도 마음은 여전히 채워지지 않습니다. 그래서 애정결핍으로 인한 스트레스 때문에 밥을 한솥 다 먹어치우는 등 보통 사람으로서는 상상도 할 수 없는 폭식을 해버립니다. 그러고는 그런 자기가 싫어져서 목구멍으로 손가락을 집어넣어 방금 먹은 음식을 모조리 토해냅니다. 그렇게 허무한 매일이 계속되는 것이 섭식장애입니다.

사실은 미즈호 씨도 예전에 섭식장애를 경험한 적이 있었습니다. 레이를 보면서 자신의 옛 모습을 겹쳐서 보고 있는 것일까요? 화려하게만 보이는 레이도 사실은 마음속에 깊은 상처를 가지고 있는 것이 아닐까, 내가 일방적으로 그녀를 나쁘게 보고, 노는 아이로 치부한 것이 아니었나, 이 아이도 사랑이 없는 이 시대의 피해자가 아닐까 하는 생각이 들었습니다.

미즈호 씨와 나는 레이가 어떤 생각으로 유지랑 사귀고 있는지 물어보고 싶었는데 이제는 그럴 필요가 없어졌습니다. 이 아이는 누구든 상관이 없으니까 자신을 사랑해 줄 사람을 찾아서 방황하고 있을 뿐이라는 사실을 알 수 있었기 때문입니다.

그리고 아마도 그것 때문에 정신과에 다니기도 하고, 다른 병원에 가기도 했을 것입니다. 하지만 섭식장애는 고쳐지지 않았고, 자신의 모습도 전혀 바뀌지 않았던 모양입니다.

그래서 지난번에 내가 상담자 같은 태도로 접했을 때 그런 반응을 보였던 것이구나 하는 확신이 들었습니다.

미즈호 씨가 자세를 똑바로 고치고는 입을 열었습니다.

"레이, 네 기분을 무시하고 너무 노골적으로 물어봐서 미안하다."

한바탕 설교를 듣겠구나 싶었는데 환갑이 다 된 것 같은 어른이 미안하다고 사과하니까 레이도 깜짝 놀란 모양입니다.

보통 때 같으면 어른들은 자기 의견만 강요할 뿐 귀를 기울여서 그녀의 진짜 속내를 들어주려고 하지도 않습니다.

허세를 부리고 있던 태도가 약간 부드러워진 것처럼 보였습니다.

"오늘 아침에 유지한테 차였어요……."

나와 미즈호 씨는 고개를 크게 끄덕였습니다.

"하지만 괜찮아요. 어차피 유지는 그냥 노는 상대였으니까. 앞으로는 손대지 않을 테니까 걱정 말아요."

미즈호 씨는 레이의 어깨를 감싸 안고 부드럽게 타일렀습니다.

"레이야, 남자들은 다 똑같아. 아니, 사람들은 다 똑같은 거야. 모두들 자기만 위하면서 살게 되어 있어. 남의 일 같은 건 상관도 안 해. 그러니까 남한테 의지해 봐야 네 마음속의 빈 공간은 채울 수가 없는 거야.

지금 너한테는 이런 말이 좀 이해하기 힘들지도 모르지만 자기를 해치는 일을 하면 안 돼. 어떤 것은 시간이 지나면 그냥 해결이 되는 수도 있거든. 그러니까 감정에 너무 휘둘리면서 살지 마라. 때로는 참는 법도 배워야 해."

미즈호 씨는 자기 경험을 토대로 부드럽고도 힘 있게 말해 주었습니다.

레이는 미즈호 씨를 뚫어지게 쳐다보았습니다. 내가 그 침묵을 더 이상 참을 수 없을 지경이 될 때까지 마냥 그러고 있더니 휙 하고 몸을 돌려서 'Heaven'에서 나가버렸습니다.

미즈호 씨는 레이의 뒷모습을 가만히 바라보면서 진심으로 레이의 회복을 기도하고 있는 모습이었습니다.

나는 오늘 아침 나미요케 신사에 걸려 있던 말씀이 생각났습니다.

'봄이 오지 않는 겨울은 없습니다.'

그 뒤로 레이는 다시는 유지 앞에 모습을 나타내지 않았습니다.

그로부터 며칠 뒤에 유지, 토다 감독, 그리고 미호가 상담실로 불려갔습니다.

유지의 진단 결과를 듣기 위해서입니다.

나도 "유지의 주치의나 다름없으니까 너도 따라와"라며 니노미야 선생님이 불러 준 덕분에 그 자리에 끼었습니다.

유지의 얼굴은 생기발랄합니다. 지금까지와는 전혀 달랐습니다. 다만 어딘지 긴장한 듯한 느낌은 듭니다. 그야 당연하다고 할 수 있겠지요. 이제 자기가 암인지 어떤지 판명되는 것이니까요.

나는 유지에게 한마디 "편지 고맙다. 나중에 얘기하자."고 말하고는 파이프 의자에 앉으라고 권했습니다.

니노미야 선생님은 모니터가 놓인 좁은 상담실에 혼자 조용히 앉아 있었습니다.

모두들 자리에 앉자 간호부장님도 기록을 위해 뒤에 있는 문으로 가만히 들어왔습니다.

니노미야 선생님은 작은 안경을 닦으면서

"유지, 토다 감독님, 침착하게 잘 들어주세요."

미호의 표정이 확 변했습니다. 유지는 여전히 진지한 얼굴입니다.

"검사 결과인데, 그 무릎에 생긴 것은 갱글리언(ganglion, 신경절. 다리 신경에 난 종기-역주)입니다."

"네, 네? 뭐라고요?"

"갱, 글, 리, 언,이라고요."

"역시…… 암의 일종인가 보죠?"

벌써부터 눈물이 그렁그렁하며 바닥으로 무너져 내릴 듯한 미호를 토다 감독이 필사적으로 붙잡고 있습니다.

역시 암이었구나. 이 쿡쿡 쑤시는 아픔은 골육종의 일종이었어. 조만간에 나는 한쪽 다리를 잘라내야 하겠구나…….

이미 마음의 준비를 다 했다고 생각했던 유지도 역시 아직은 십대 청소년이어서 그런지 그리 쉽게 현실을 받아들이지는 못하는 모양입니다. 지금까지 품어 온 모든 꿈들이 머릿속에서 산산조각이 나는 듯한 표정을 짓고 있습니다.

그러는 한편으로 그때 그의 머릿속에 떠오른 생각은 노부 씨의 일, 그리고 빈스의 이야기가 아니었을까요?

일찍이 위암을 앓았고, 지금은 직장암과 싸우며 마지막 1퍼센트의 가능성에 도전하려고 하는 노부 씨. 그리고 빈스로부터는 'NEVER GIVE UP' 이라는 메시지를 받았습니다.

유지는 마음속으로 자신이 당황한 것을 부끄러워하는 모양이었습니다. 그때 어이없는 표정을 짓고 있던 니노미야 선생님이 불쑥 말했습니다.

"이건…… 암이 아니야."

"예? 암이 아니에요?"

"그래. 갱글리언은 그냥 종기일 뿐이야. 간단하게 말하자면 혹의 친척뻘이라고나 할까. 양성 종양이니까 수술하면 간단하게 잘라낼 수 있어."

벌어진 입이 다물어지지 않는다는 것은 바로 이런 경우를 두고 하는 말일 것입니다. 유지뿐만 아니라 미호도 토다 감독도 놀라서 입만 벌리고 있습니다.

"그런데 여기 암센터에서는 암만 치료하게 되어 있지. 너한테는 내 친구 중에서 실력 있는 의사를 소개해 줄 테니까 당장 그쪽으로 가서 수술을 받도록 해. 아마 곧바로 수술을 받으면 이번 겨울에는 국립경기장에서 뛸 수 있을 거야. 그리고 초진 때 말했던 열이 오르고 숨이 차는 것은 올해 돌고 있는 독감이다. 원래 골육종에 걸린 게 아니니까 간이나 폐로 전이되었을 리도 없지. 다만 이번 독감 같은 경우 증상은 가벼워도 나을 때까지 시간이 오래 걸리니까 주사나 한 대 맞아서 빨리 고치도록. 이상."

아직까지도 미호와 토다 감독은 어쩔 줄 모르고 있습니다.

암이라는 사실을 받아들이고 마음속에 각오를 했다고 말했던 유지는 헛발길질을 한 사람처럼 벙 뜬 얼굴입니다.

암이 아니었다…….

유지는 다시 한 번 확인했습니다.

"선생님! 정말 암이 아닌 거예요?"

니노미야 신생님은 몇 번이나 고개를 끄덕였습니다.

"하지만 이렇게 딱딱하고, 공을 찰 때마다, 아니면 좀 스치기만 해도 신경이 마비될 정도로 저리는데요?"

니노미야 선생님은 귀찮다는 듯이

"그게 바로 갱글리언이라는 거지. 자주 사용하는 부분에 생기기 쉽고, 그 혹이 생기면 그게 신경을 자극하는 거야. 하지만 어디까지나 양성 종양이고 악성으로 변질되는 경우도 없어. 그러니까 실력 좋은 의사가 절개해서 뿌리까지 다 뽑아버리면 감쪽같이 나을 수 있다. 너의 그 '서른다섯 살 은퇴 계획'이니 뭐니 하는 것도 충분히 실현시킬 수 있을 거야."

그 말에 다들 휴우 하고 안심을 하며 가슴을 쓸어내렸습니다.

유지는 자기도 모르게 주먹을 불끈 쥐어 승리의 포즈를 취하고 싶었지만 노부 씨의 일이 머리에 떠오르자 기쁨이 어디론가 사라져버리는 것을 느꼈습니다.

"어쨌든 축하한다, 유지. 앞으로도 축구에서 멋진 활약을 기대하지. 그럼 이만."

유지의 얼굴에 밝은 웃음이 돌아왔습니다. 그것을 본 미호도 너무 기뻐서 눈물을 흘렸습니다.

"넌 왜 울고 있는 거야, 미호? 암이 아니라잖아. 울지 말고 좋아해야지."

미호는 눈물 때문에 목이 매여 아무 말도 하지 못합니다. 그저 울면서도 간신히 미소를 지어 보일 뿐이었습니다.

진단을 받은 후에 유지는 미호와 함께 19층에 있는 '편지 센터 Heaven'으로 찾아왔습니다.

미즈호 씨가 "정말 다행이야. 축하한다."는 말을 건넸습니다.

유지는 쑥스러운 표정으로 머리를 긁적이면서

"그런데 전 '갱글리언'이라는 말을 들었을 때 아주 나쁜 암이구나 싶어 머릿속이 하얘지더라고요."

미호는 박장대소를 했습니다. 이 아이가 이렇게 밝고 예쁘게 웃는 얼굴을 보여 준 것은 처음입니다.

그런 두 사람을 보고 있으니까 나까지도 왠지 기분이 좋아졌습니다.

"그 편지 아주 잘 썼더라."

내가 유지에게 말했습니다.

"아니요, 그냥 생각나는 대로 써 본 것뿐인데……."

"나 대신에 여기 앉아서 편지 대필을 하지 그래?"

미즈호 씨는 '그것 참 좋은 생각이네'라고 말하려는 듯이 고개를 크게 위아래로 끄덕였습니다.

"그것보다 노부 씨 일 말인데……."

나는 유지의 편지에 쓰여 있던 노부 씨에 대한 감사 인사로 화제를 옮겼습니다.

"그래요. 전 어떻게 해서든지 노부 씨한테 고맙다는 인사를 하고 싶어요. 이대로 적당히 넘어가면 저로서도 해야 할 일을 안 한 것 같아 찝찝할 것 같고……."

방금 보인 웃는 얼굴이 일변하여 아주 진지한 표정으로 바뀌었습니다.

"그래. 어떻게든 고맙다는 뜻을 전해야겠지. 유지, 너 자신을 위해서라도 말이야."라고 말은 했지만 좀처럼 좋은 생각이 떠오르지 않았습니다.

"제가 빈스의 책이랑 사인을 받았으니까 뭔가 물건을 드리는 편이 좋을까요? 지금까지 그런 식으로 누군가한테 선물을 한 적이 없어서 어떻게 해야 좋을지 잘 모르겠거든요."

유지도 아무 생각도 떠오르지 않는 모양입니다.

"아니, 물건은 아닐 거야. 이런 말을 하기는 좀 그렇지만 노부 씨는 실질적으로 마지막 선고를 받은 몸이야. 그러니까 물건에 대한 욕심 같은 건….."

그렇다고 대안이 있는 것도 아닙니다.

"어째서 그 아저씨는 빈스의 책을 유지한테 줄 생각을 했을까요? 그 점이 중요할 것 같은데."

미호가 불쑥 말했습니다.

그때 내 머릿 속에 번쩍 하고 떠오르는 것이 있었습니다.

"그래. 노부 씨는 심지가 곧고 열심히 사는 사람을 응원하고 격려해 주고 싶다고 생각했던 거야. 노부 씨의 눈에는 유지한테 그런 부분이 있다는 게 보였을 테니까 빈스의 책을 읽고 정신을 차렸으면 하고 바랐겠지. 그렇다면 역시 앞으로 열심히 축구에 매진해서 유지가 굳건하게 나아가는 모습을 노부 씨에게 보여주는 것이 제일 좋은 감사의 인사가 되지 않을까?"

"가끔씩은 괜찮은 말씀을 하시네요. 그 말이 맞아요."

미즈호 씨가 웬일로 나를 칭찬해 주었습니다. 어딘가 간지러운 느낌이 들었습니다.

"그렇구나. 하지만 노부 씨는 시간이 얼마 남지 않았잖아요. 그 때까지 노부 씨한테 제가 축구하는 모습을 보여 줄 수 있을까요?"

노부 씨에게는 이제 한 달에서 두 달밖에 시간이 남아 있지 않습니다. 그때까지 갱글리언의 치료가 다 끝날 수 있을지도 의문입니다.

"게다가 지금의 노부 씨는 경기장까지 가서 볼 수 있는 상태도 아니고……."

내 생각은 아무래도 별로 신통한 것이 아니었던 모양이었습니다.

그때 미호가 강한 어조로 말했습니다.

"겨울에 하는 전국 고등학교 축구선수권 대회가 있잖아
요."

정월에 열리는 겨울 행사입니다.

"그 대회는 TV로 방송되니까 노부 씨도 집에서 보실 수 있
지 않을까요?"

맞습니다. 그런 방법이 있었네요. 유지의 고등학교는 최
고로 손꼽히는 축구 명문 학교입니다. 이미 전국대회로 진
출할 티켓은 따 놓은 것이나 마찬가지입니다. 유지의 갱글
리언만 완치되면 충분히 가능성이 있는 셈입니다.

"그래, 그것밖에 없겠다."

유지는 결심한 표정으로 고개를 끄덕이면서 한 점을 바라
보고 있었습니다. 운동 선수로서의 패기가 완전히 되살아난
모양입니다.

"준이치 씨, 정말 감사합니다!"

완전히 체육부 식 인사입니다. 나는 약간 압도되었지만
"아니, 천만에." 하고 대답했습니다.

그런데 유지가 "한 가지만 더 의논하고 싶은데요……." 하
고 말을 꺼냈습니다.

유지는 미즈호 씨, 아이짱, 그리고 미호를 보고는

"이건 남자끼리 하는 얘기라서⋯⋯." 하면서 세 사람에게 베란다로 나가 있어 달라고 부탁했습니다.

나는 유지의 갑작스러운 행동에 당혹스러워하면서 베란다로 나가는 세 사람의 뒷모습을 바라보았습니다.

나는 사나이끼리의 대화니 뭐니 하는 분위기를 별로 좋아하지 않습니다. 갑자기 뒤로 빠지고 싶은 생각이 들었습니다.

"사실은⋯⋯"

유지가 얼굴을 빨갛게 물들이며 이야기를 시작했습니다.

"사실은 미호한테 고맙다는 인사라고 해야 하나 뭐 그런 편지를 썼으면 해서⋯⋯. 아마 미호가 아니었으면 여태까지 버티지 못했을 거예요.

그래서 어젯밤에 편지를 써 보려고 몇 번이나 시도를 했는데 도저히 제대로 써지지가 않더라고요. 아무래도 준이치 씨가 대신 써 주셨으면 좋겠어요."

나는 마음이 놓였습니다. 다만 너무 안심을 한 나머지 좀 지나치게 웃어버렸습니다.

"그렇게 웃지 마세요. 전 정말 진지하다고요."

"미안, 미안. 그런 일이라면 얼마든지 해 주지. 그게 내 일이기도 하고. 하지만 학생이라고 요금 할인은 안 돼."

그때부터 한참 동안 유지가 미호에게 무슨 말을 해 주고 싶은지 찬찬히 듣고 곧바로 대필 작업에 들어갔습니다.

그 사이에 여자 세 명은 베란다에서 이야기꽃을 피우고 있었던 모양입니다.

방으로 돌아오자마자 미즈호 씨가 "남자들은 정말 제멋대로라니까!"라고 말하고는 나머지 두 사람에게 동의를 구했습니다.

미호는 미소를 지었고, 아이짱은 덩달아 "남자애들은 정말 제멋대로라니까" 하고 말해서 모두를 웃게 만들었습니다.

그날 밤 유지는 침대에 누워 이런저런 생각을 많이 한 모양입니다. 작은 구멍이 촘촘히 나 있는 하얀 천장을 올려다보면서 취침시간인 9시가 지났는데도 잠을 이루지 못하고 있었습니다. 유지는 흐느적흐느적 휴게실로 가서 시시각각 색깔이 바뀌는 후지 TV방송국 옆의 관람차를 바라보고 있었습니다.

이튿날 아침, 노부 씨는 유코 부인이 밀어 주는 휠체어를 타고 암센터에서 퇴원했습니다.

필사적으로 얼굴에 웃음을 지으며 "내 다시는 이런 데 돌아오나 봐라" 하고 농담을 던져서 다른 사람들을 웃겨 주었지만 그것은 남은 사람들에게 노부 씨가 해 줄 수 있는 마지막 격려였을 뿐, 노부 씨의 상태가 엉망이라는 것은 누가 보아도 역력했습니다.

병원의 넓은 현관에 있는 키가 큰 벤자민 화분 옆에 숙연한 얼굴을 한 유지가 기다리고 있었습니다.

금방 알아차린 노부 씨는 유코 부인에게 말해서 휠체어를 유지 쪽으로 밀고 가게 했습니다.

유지의 등 뒤에 숨듯이 해서 미호도 같이 서 있었습니다. 유지는 경기장에 들어서려는 순간처럼 진지한 표정입니다.

"노부 씨, 저, 전……."

더 이상 말을 하지 못했습니다.

눈에는 눈물만 가득 머금고, 노부 씨 앞에서 고개를 푹 숙이고 있었습니다.

"뭘 그렇게 징징 짜고 난리야? 사내자식이 되어가지고……."

휠체어에 앉은 노부 씨가 유지의 사타구니를 꽉 움켜잡으며 말했습니다.

노부 씨가 손을 치우지도 않았는데 유지의 얼굴에 약간의 미소가 돌아왔습니다. 황당해진 노부 씨는

"징그럽게 왜 그러냐? 불알 잡힌 놈이 웃으면 어쩌란 말이야? 요즘 젊은 것들은 이래서 골치라니까. 도대체 무슨 생각

을 하는지 알 수가 있어야지." 하고 툴툴거립니다.

"노부 씨, 빈스의 책이랑 사인 정말 고맙습니다. 노부 씨가 가지고 있는 「투르 드 프랑스를 넘어서」보다도 훨씬 더 손때가 많이 묻을 때까지 열심히 읽을게요."

노부 씨는 유지한테 들켰다는 사실 때문에 잠시 놀란 얼굴이 되더니

"그러려면 몇 십 년은 족히 걸리겠는데."하고 약간 자랑스러운 목소리로 말했습니다.

"한 가지만 물어봐도 돼요? 어떻게 제가 빈스를 동경하고 있었다는 걸 알았어요?"

유지는 계속 궁금해하던 점을 솔직하게 물었습니다. 그러자 노부 씨는 미호 쪽으로 슬쩍 눈길을 주었습니다.

"네가 검사인가 뭔가 때문에 병실에 없을 때 미호가 불쑥 나타나서는 나한테 편지를 들이밀더구나. '이게 뭐야? 러브 레터인가? 나도 아직은 쓸 만한가 보네' 싶어서 흐뭇하게 읽기 시작했더니, 이게 속 뒤집어지는 소리만 잔뜩 쓰여 있는 거야. 덕분에 화가 나기도 했지만 기분이 축 가라앉더라."

유지가 머리를 긁적긁적 했습니다. 노부 씨는 계속 말을 이었습니다.

"그런데 이게 영 이상한 거야. 너답지 않다는 생각이 자꾸

들어서 옆에 있던 미호한테 물어봤지. '이 편지, 정말 저 녀석이 보낸 거냐?'고 말이야. 그랬더니 얘가 너무 긴장했었는지, 아니면 겁이 덜컥 났는지 갑자기 울음을 터뜨리고 마네. 생전 이렇게 어린애를 울려 본 적이 없으니 뭘 어떻게 해야 할지 알 수가 있어야지."

이번에는 미호가 부끄러운 듯이 고개를 푹 숙입니다.

"그래서 한동안 우는 걸 그냥 내버려두었더니 뭘 웅얼웅얼 말하기 시작하는 거야. '뭐라고? 왜 그러는 거야?' 하고 물었더니 '죄송해요' 하고 말하잖아. 역시 유지가 보낸 게 아니었구나 싶었지."

그때 미호는 어째서 이런 편지를 쓰게 되었는지, 왜 유지가 그런 애가 되어버렸는지 모든 것을 다 털어놓았다고 합니다.

유지는 "역시 미호, 너였구나." 하면서 미호의 어깨를 툭 치며 웃었습니다.

"그런데 모든 얘기를 다 했더니 노부 씨가 '그럼 내가 가만히 있을 수 없지. 복수전이다' 하면서 병실에서 나가버리시더라고요. 그 뒤로 어떻게 되었는지는 저도 몰라요."

미호는 노부 씨를 바라보았습니다.

"책은 서점에서 살 수 있다 치지만 사인색지는 어떻게 한 거예요? 어떻게 그렇게 쉽게 사인을 받을 수 있었어요?"

미호는 눈앞에서 마술을 본 사람처럼 신기해하면서 노부 씨를 쳐다보았습니다.

"내가 어디 보통 사람이야? 썩어도 준치라고, 이래 봬도 아시안게임에서 금메달을 딴 노부란 말씀이지. 빈스한테 사인 받아내는 정도는 식은 죽 먹기라고."

노부 씨는 그렇게 말하고는 약간 떨어진 곳에 서 있던 니노미야 선생님에게 서툰 윙크를 보냈습니다.

그런데 니노미야 선생님은 어느 결에 빈스의 사인을 받아냈던 것일까요? 더구나 그 아이디어를 낸 나한테는 한마디 말도 없이……. 왠지 좀 허전한 생각이 들었습니다.

아시안게임 당시의 모습은 간데없고, 앙상하게 마른데다가 이빨과 머리카락까지 다 빠져버린 노부 씨였지만 유지는 빈스보다 더 존경할 수 있는 사람을 알게 되었다는 사실을 실감하고 있는 모양이었습니다.

"그럼 잘 있어. 축구 열심히 하고. 미호랑 사이좋게 지내라." 하며 야윈 오른손으로 악수를 하고는 떠나버렸습니다.

유지와 미호는 마치 신성한 존재를 대하듯이 경건한 표정으로 노부 씨 부부의 뒷모습을 조용히 바라보았습니다.

말없이 노부 씨를 배웅하던 유지는 노부 씨를 태운 차가

보이지 않게 되자 흥분되면서도 불안한 모습으로 미호에게
편지 한 통을 건네주었습니다.

"이거 받아."

미호는 영문을 모르는 표정입니다.

"뭐야?"

"지금 안 읽어도 돼. 내가 없을 때 뜯어 봐. 알았지."

그렇게 말하더니 성큼성큼 걸어서 그 자리를 떠나버렸습니다. 유지가 보이지 않게 되자 미호는 허겁지겁 봉투를 뜯고 편지를 꺼냈습니다.

미호에게

무슨 말부터 써야 할지 모르겠고, 사실 내가 어떤 말을
하고 싶은지도 모르겠다.

그냥 "미안하다"고 사과하고 싶은 마음이랑 "고맙다"고
감사하고 싶은 마음만 가득할 뿐이다.

초등학교 때 미호가 내가 있던 학교로 전학 왔지. 처음
에는 뚱보니 뭐니 하면서 애들한테 놀림도 많이 당했지?
지금도 똑똑히 기억하고 있다.

초등학생들은 전혀 뚱뚱하지 않아도 일부러 그런 식으

로 부르면서 놀리기도 하지. 참 잔인한 생물이야.

그 당시 나는 공부도 잘했고, 운동도 잘했고, 반장이었기 때문에 무서운 게 하나도 없는 애였다. 그래서 폼 잡으면서 그 애들한테 막 뭐라고 했던 거야.

그 뒤에도 학교 안에서는 쑥스러워서 서로 피했지만 학교를 오고갈 때 자주 둘이 같이 다니곤 했었지. 학교에서 오는 길에 있던 작은 공원에 들러서 둘이서만 술래잡기를 하기도 하고, 숨바꼭질을 하기도 하고……. 기간은 짧았지만 그 당시 난 그렇게 놀 때가 하루 중에서 제일 좋았어.

그러고 보니까 오락실에도 갔었다. 미호는 "거기는 불량학생들만 가는 데니까 가기 싫어." 하고 말하면서 안 들어가려고 했는데, 내가 들은 척도 안하고 자동문으로 들어갔더니 미호도 할 수 없이 따라 들어왔지.

우리가 아주 당연한 것처럼 축구게임이 있는 곳으로 곧장 달려갔던 걸 기억하니? 난 제일 좋은 선수들이 모여 있던 브라질 대표팀, 미호는 외국 팀을 몰라서 그냥 일본 대표팀을 골라 게임을 시작했지.

처음에 너무 여유를 부리면서 적당히 하고 있었더니 미호가 갑자기 엄청난 강슛을 날리는 바람에 깜짝 놀랐어. 그때부터는 나도 정신 차리고 게임했지.

그런데 아무리 잘하려고 해도 패스가 전혀 연결되지도 않고, 골도 넣지 못했어. 점수를 따기는커녕 또 한 번 미호가 이끄는 일본 대표팀한테 추가 점수를 내주는 바람에 엄청 초조해졌지.

어째서 미호 같은 여자애한테, 더구나 축구에 대해서는 하나도 모르는 애한테, 아무리 게임이라도, 축구에서 내가 진단 말인가 하는 생각이 들어서.

그 뒤로 맹렬하게 반격해서 겨우 1점을 만회하기는 했지만, 그걸로 게임은 끝났다.

나로서는 축구에서 처음으로 맛본 굴욕적인 패배였기 때문에 돌아가는 길에 너무 분하고 화가 나서 미호하고는 한 마디도 말을 안 했지.

지금 와서 하는 말인데 정말 미안했다. 내가 워낙 지는 걸 싫어하는 놈이라 그런 행동이 나와버린 거야. 어쩌면 지금도 마찬가지로 너랑 축구게임을 했는데 내가 지면 그때랑 같은 행동을 보일지도 몰라.

그러니까 앞으로 축구게임은 하지 말자. 복수전 같은 걸 하고 싶은 생각은 전혀 없으니까.

그렇게 즐거운 매일이었는데 그것도 오래 가지 않았지. 몇 달 만에 내가 전학을 가게 되었으니까.

너는 한 번도 나한테 물어본 적이 없었지만 내가 전학을 가야했던 이유는 이미 알고 있지? 아버지께서 하시던 회사가 망해서 밤중에 도망치듯이 우리가 살던 집을 떠났던 거야.

그때는 정말 괴로웠어. 존경하던 아버지가 비겁한 사람처럼 도망쳤다는 사실, 어쩔 수 없었다고는 해도 부모님이 이혼한 것, 그리고 무엇보다도 너랑 같이 지냈던 즐거운 날들이 끝나버렸다는 것이 너무너무 슬펐다.

나는 친척집을 전전하면서 계속 전학을 다녀야만 했다. 중학교 때까지 다 합치면 도대체 학교를 몇 개나 다녔는지 헤아릴 수도 없을 정도야. 어떤 학교들은 이름도 생각나지 않는다.

그 시절, 난 네가 정말 보고 싶었어. 하지만 만나면 안될 것 같다는 생각이 들어서 계속 연락을 하지 않았지.

하지만 다행히도 나한테는 축구가 있었다. 그때 내가 축구를 하지 못했다면 틀림없이 나쁜 길로 빠져버렸을 것이라고 생각해.

중학교에 들어간 다음부터는 성적도 뚝 떨어졌고, 몸집도 꽤 큰 편이어서 상급생들이 자기네 불량 그룹에 나를 끌어들이려고 한 적도 많았거든.

하지만 난 무슨 일이 있어도 축구만은 계속 하고 싶었

다. 그 이유는 축구는 나를 절대로 배신하지 않을 것이라고 믿었고, 무엇보다도 축구를 계속 하고 있으면 축구부 매니저였던 미호와도 어딘가에서 마주칠 수 있을지도 모른다고 생각했기 때문이야.

중학교 3학년 때 토다 감독님이 우연히 내가 하는 시합을 보고는 그 자리에서 나한테 제안을 하셨지. "축구 특기생으로 우리 고등학교에 오지 않겠느냐"고 말이야.

축구를 마음껏 할 수 있다, 학비를 낼 필요도 없다, 기숙사도 제공된다는 이야기를 듣고 나는 두말 않고 가기로 했다.

그런데 그런 제의를 받은 것 때문에 나는 교만해지기 시작했어.

마침 그 무렵부터 도쿄도 선발팀이나 U-15 일본 대표팀에 최종 후보가 될 정도로 실력이 좋아졌기 때문에 난 내가 호나우두 정도나 된 것처럼 우쭐대며 지냈지.

그렇게 한참 잘나가고 있을 때 토도 고등학교에서 너를 다시 만나게 되었어. 나는 깜짝 놀랐지. 설마 그때의 미호랑 이런 곳에서 다시 만나게 될 줄이야 싶어서.

그 순간에는 예전의 내가 생각났지만, 아무리 그래도 예전의 나로 돌아가는 건 무리였다.

집안 사정 말고는 모든 일이 순풍에 돛단 듯이 잘나가고 있을 때였기 때문에 미호랑 다시 만난 것으로 모든 일이 옛날처럼 돌아가버리지나 않을까 하고 겁이 났던 거야.

너랑 같이 놀던 초등학생 때 난 물론 행복했어. 하지만 지금이 더 행복하다고 생각했지. 아니, 그렇게 믿고 싶었어.

초등학교 시절의 행복으로 돌아가버리면 또다시 그 괴로운 일들이 되풀이되지나 않을까 하고 마음 한구석이 불안했지.

그래서 너랑 오랜만에 다시 만났을 때 냉정한 태도로 대해버린 거야.

고등학교에서는 1학년 때부터 축구부 주전 선수 자리를 땄고, 각 세대별 일본 대표팀에 선발되면서 난 더욱 자만심에 빠지게 되었다.

난 축구로 돈을 벌 거다, 하지만 프로가 되어도 축구 선수로서의 수명은 기껏해야 몇 년밖에 안 된다, 선수 시절에 왕창 벌어서 그 뒤에는 유유자적하게 살아야지 하는 생각을 가지게 된 것도 이때부터야.

내가 그렇게 못된 놈이 되어버렸는데도 넌 매니저로서 정말 열심히 챙겨 주었지. 솔직히 말하자면 난 벌써부터 네 마음을 알고 있었어. 그래서 '미호는 가만히 내버려 둬도 내 옆에 붙어 있겠지' 하는 건방진 생각을 가지고 있었지.

지금까지 내가 한 행동에 대해 진심으로 사과하고 싶다. 정말 미안해. 그리고 이런 내 옆에 계속 있어 줘서 너무 고맙다.

　이제는 마음을 고쳐먹고 열심히 살 생각이니까 앞으로도 잘 부탁한다.

가와무리 유지.

암센터 1층 로비에서 나는 편지를 읽는 미호의 얼굴을 가만히 쳐다보고 있었습니다.

미호는 편지를 다 읽더니 눈물이 글썽해진 눈으로 유지가 있는 19층의 레스토랑을 향해 가벼운 발걸음으로 뛰어갔습니다.

맑은 가을 하늘이 펼쳐진 아침. 나는 달콤 쌉싸래한 청춘의 한 장면을 눈앞에 보면서 내 마음까지 젊어지는 듯한 느낌이 들었습니다.

4. 겨울바람

오늘은 눈발이 날리고 있습니다. 나미요케 신사도 눈으로 살짝 화장한 모습입니다. 'Heaven'의 창문으로 바깥을 내다보기만 해도 부르르 몸이 떨릴 만큼 추위가 혹독한 아침이었습니다.

오랜만에 아침에 아무런 예약이 잡혀 있지 않았습니다. 그걸 눈치 챘는지 니노미야 선생님이 불쑥 나타났습니다. 그런데 언제나 입에 달고 살던 "세상 살맛이 안 난다" 소리를 오늘은 안 합니다. 어찌된 일인지 모르겠습니다.

"안녕하세요."

내가 인사했더니 니노미야 선생님은 들고 있던 봉투를 내

던지듯이 나한테 주었습니다. 뒷면을 보았더니 '이시마루 유코' 라고 쓰여 있습니다. 노부 씨의 아내인 유코 부인이 보낸 것이었습니다.

나는 안에 있던 편지를 꺼내서 옆에서 들여다보는 미즈호 씨랑 같이 눈으로 읽기 시작했습니다.

안녕하세요.

니노미야 선생님, 준이치 씨, 미즈호 씨, 아이짱.

겨울바람이 추위를 몰고 다니는 계절인데 모두들 안녕하신지요.

이곳 쇼난에서는 매일 에노시마 너머로 눈으로 된 모자를 쓴 후지산이 분명하게 보이곤 합니다.

가끔씩 강한 서풍이 불고 있습니다. 주변 공기도 깨끗하고, 바다는 참으로 마음에 위안을 준다는 사실을 새삼 느끼곤 합니다. 특히 그이가 사랑했던 바다는.

역시 그이한테는 이 쇼난의 바다가 제일 좋은 약이었던 모양입니다.

멋있게 암센터에서 퇴원해서 집으로 돌아온 남편이었지만 밤이 되어 침대에 누워 보니 불안해서 잠이 오지 않는 모양이었습니다. 두려움이 쉴 새 없이 솟아오르는 듯했습니다.

"마지막 1퍼센트에 걸어 보겠다. 1퍼센트 남아 있으면 충분하지 않느냐"며 암센터에서는 큰소리를 떵떵 친 남편도 사실 속마음은 불안에 떨고 있었고, 소리 없이 다가오는 자기 생명의 마지막 순간이 두려워서 참을 수 없었던 것입니다.

몇 번이고 몸을 뒤척이면서 양을 수도 없이 세고 또 세었습니다. 1만 마리까지 세었는데도 잠은 오히려 달아날 뿐이었습니다.

옆에 누워 있던 저는 그런 남편의 약한 속내를 너무도 잘 알고 있었습니다.

남 앞에서는 언제나 명랑하고, 요트부 후배들한테는 코치로서 한없이 엄하고, 그러면서도 아들 코지한테는 너무나 자상한 아버지.

그러나 그런 남편의 진짜 성품은 나약하고 섬세하고 겁 많고 소심하고…….

저한테는 아시안게임에서 금메달을 딴 남자라는 이미지보다는 그냥 허세를 잘 부리고, 기가 약한 남자라는 이미지가 훨씬 더 강하게 와 닿는답니다.

그렇게 큰 소리를 쳐놓았지만 사실은 무척 힘들어하고 있겠구나 하고 옆 침대에 누운 남편의 등을 보면서 그 마음을 헤아리고 있었습니다.

하지만 아무리 부부라도 저는 암 환자가 아닙니다. 자기 생명이 끝나는 시간이 시시각각 다가오는 공포를 저는 실감할 수가 없었습니다.

저는 오히려 남편이 없어지면 어떻게 코지를 키워야 하나, 여자 혼자 몸으로 이 세상을 살아갈 수 있을까, 하는 아주 현실적인 문제들, 제가 가진 문제들에 대해서만 항상 고민하곤 했습니다.

역시 남자에 비해 약해 보여도 사실은 여자가 훨씬 더 강하고 자기중심적이구나, 진정으로 남편의 입장을 배려해 주지 못하고 나만 생각하다니, 난 정말 나쁜 여자다 싶어 정말이지 제 스스로가 너무 싫어질 때도 있었습니다.

죽어가는 남편에 대한 생각보다도 남편이 죽고 난 이후의 삶에 대한 걱정들이 훨씬 제 마음을 더 차지하고 있다는 사실 때문에 자기혐오감에 빠졌습니다. 이토록 앙상하게 말랐고, 밤에도 잠들지 못하고 괴로워하는 남편에게 어떻게든 힘이 되어줄 생각은 않고 자기 일만 생각하나니……

"여보, 잠이 안 와요?"

"……"

"그렇게 떵떵거리면서 선생님 앞에서 멋있는 말을 하고 왔어도 사실은 항암제 치료를 또 받을 생각을 하면 부작용이 두려운 것 아니에요?"

"……"

어느 날 밤 침대 속에서 남편의 등을 바라보면서 이렇게 말을 걸었습니다.

한동안 말이 없던 남편은 천천히 입을 떼었습니다.

"유코. 당신은 나를 잘 알잖아. 벌써 10년 이상이나 같이 살았으니."

"그래요. 사실은 당신이 마음 약하고 겁도 많다는 걸 잘 알고 있지요. 별것도 아닌 사소한 일 가지고 말다툼을 한 게 어디 한두 번이어야 말이지요."

남편도 고개를 끄덕입니다.

"으음, 역시 겁나. 부작용도 무섭고. 게다가 결국 아무 소용도 없게 되어서 코지나 당신 곁을 영원히 떠난다고 생각하면 정말 너무너무 겁이 나서 잠이 안 올 지경이야.

항암제 부작용이 얼마나 괴로운지 알아? 그나마 몸에 힘이 있을 때는 견딜 만했지. '뭐야, 항암제라는 게 이 정도면 얼마든지 맞아도 되겠다. 바다에 있는 게 훨씬 더 힘들구먼.' 하고 생각했을 정도니까.

그런데 몸이 점점 약해지니까 아무렇지도 않았던 부작용이 엄청나게 큰 타격을 주더라고. 하기야 언제나 건강한 당신이 어떻게 그 느낌을 알겠어."

"몸 상태에 따라서 그렇게 달라지는 거예요?"

"그럼. 그리고 정신력하고 기력이지. 이게 제일 중요한 것 같아.

끝까지 항암제 치료에 매달릴 필요는 물론 없어. 하지만 난 언제부터인가 생각을 바꿨지. 가능성이 1퍼센트라도 있다면 당신을 위해서, 그리고 코지를 위해서 그 가능성에 걸어 봐야겠다고. 나 자신을 위해서 치료를 받는 것은 포기해버렸지. 그랬더니 속이 편해지더군. 나를 위해서 치료를 받는다고 생각했을 때보다 훨씬 겁이 덜 나더라고.

하지만 아무리 그래도 무섭기는 무섭단 말이야. 그게 사람 아니겠어?"

저는 잠시 생각에 잠겼습니다. 남편이 느끼는 죽음에 대한 공포, 가족들과 이별해야 하는 아픔을 저로서는 도저히 제대로 이해할 수 없을 것 같았기 때문입니다.

"이봐, 유코. 뭐라고 좀 해 봐."

열심히 생각하고 또 생각했더니 문득 어떤 것이 떠올랐습니다.

"있잖아요, 여보. 나 좋은 생각이 떠올랐는데."

"뭐야, 좋은 생각이라는 게?"

"기도해 보지 않을래요?"

"기도? 뭐야, 징그럽게. 난 예수도 부처도 안 믿어. 종교가 없다고. 굳이 믿는다면 바다의 신을 믿고 있다는 정도지."

"그러지 말고 하나님한테 지금 자기 속내를 털어놔 봐요."

"에이, 아이짱이 그러면 어린애라 철이 없어서 그런다고나 하지. 유치한 소릴랑 집어치우라고."

"하지만 전에 당신도 그런 말을 한 적이 있잖아요. 아시안게임 마지막 날, 3위에서 시작한 최종 경기 때. 어깨가 빠져서 이제는 끝났다고 생각했다고.

그래도 요트에 올라타서, 왜 그랬는지는 모르겠지만 내가 끝까지 가게 해 주세요 하고 기도하면서 몰았더니 정신을 차려보니까 역전 우승을 했더라고 말이에요."

남편은 20년 전, 자기 인생에서 제일 찬란하게 빛나던 시절을 돌이켜 보았습니다.

"그러고 보니 정말 그랬네. 그때 난 지푸라기라도 잡는 심정으로 기도했지. 경기 도중에 오른쪽 어깨가 떨어져 나갈 것처럼 아픈 것을 견디면서 말이야."

남편은 가만히 생각하고 있었습니다.

"그럼 한 번 기도해 볼까? 그런다고 손해 볼 것도 아니고."

"그래요. 그럼 같이 기도해 봐요."

"그래. 근데 영 쑥스럽네."

쑥스럽고 어색해하는 남편을 나는 자꾸 재촉했습니다.

"그런 말 하지 말고 빨리 해 봐요."

"할 수 없지 뭐. 어디 해 보자고. 어차피 잠도 오지 않는데."

남편도 겨우 할 마음이 생긴 것 같았습니다.

"하지만 누구한테 기도하면 되는 거야? 가마쿠라 근처의 절에 있는 땡중한테 기도하란 말이야? 그래 봐야 생전 아무 효과도 없을 것 같은데."

"그럼 바람이랑 파도랑 바다를 창조한 하나님한테 하면 되잖아요."

"바람이랑 파도랑 바다를 창조한 하나님이라······. 그것 괜찮네. 그나저나 당신 기도하는 법이나 알아?"

"아니요, 내가 그걸 어떻게 알아요? 아무렇게나 하면 어때요? 그냥 어린아이처럼 순수한 마음으로 기도하면 되지 않겠어요?"

"그런가? 그래도 너무 간단한 것 아냐? 100일 기도를 한다는 둥 그런 식으로 열심히 해야지 소원을 들어줄 것 같은데."

막상 기도하려고 작정하고 나서는 사소한 부분까지 신경을 쓰는 모습이 남편다웠습니다.

"하지만 당신 같은 환자가 어떻게 그런 식으로 기도를 해요? 당신이 진짜 하나님이라면 그런 무리한 요구를 하겠어요? 만약에 코지가 당신 같은 병으로 괴로워하고 있는데 당신이 하나님이라면 네가 100일 기도를 나한테 하면 네 병을 고쳐주마 라고 하겠느냐고요?"

"하긴 그 말도 일리가 있네. 코지가 병에 걸렸다면 내가 대신 그 병에 걸려서 괴로워하는 게 낫지."

"그럼 빨리 시작해요."

"자, 그럼 기도를 해 볼까? 아무 말이나 해도 상관없겠지?"

저희 두 사람은 같이 기도했습니다. 우선은 쑥스러워 어쩔 줄 모르는 남편부터 시작합니다.

"어린아이처럼 순수한 마음으로 하랬지?"

"그래요."

"그럼 시작한다."

남편은 진지하게 어린아이처럼 기도하기 시작했습니다.

"하나님, 전 소심한 놈입니다. 암에 걸려서 이제 살날이 얼마 남지 않은 모양입니다. 항암제도 무섭습니다. 최후의 1퍼센트라도 남아 있다면 충분하다고 큰 소리를 떵떵 쳤지만 너무 겁나서 어떻게 해야 할지 모르겠습니다…….

이봐, 또 뭐라고 해야 되지?"

"아무 말이나 괜찮아요. 그냥 생각했던 걸 다 말해버리라고요."

"어, 그래. 하나님, 전 이제 아무것도 할 수 없습니다. 만약 조만간에 제 생명의 저축이 다 떨어지게 된다면 남아 있는 아내와 코지만큼은 꼭 보살펴 주세요. 아무쪼록 유코랑 코지가 슬픔을 하루라도 빨리 극복하고 마음 편히 매일 매일 살아갈 수 있도록 해 주세요. 코지가 앞으로 걸어갈 인생이 항상 잔잔한 바다 같지만은 않고, 때로는 태풍과 거친 파도 속을 헤쳐 나갈 때도 있겠지만 언제나 코지를 지켜봐 주세요. 코지도 유코도 저한테는 가장 소중한 사람들입니다. 아무쪼록 잘 돌봐 주세요."

남편은 점점 말주변이 늘어갔습니다.

"그리고 전 소심한 놈이라 아픈 것도 잘 못 참고, 더구나 구역질 같은 건 정말 싫습니다. 이번에 받는 항암제 치료는 그런 것 때문에 너무 힘들지 않게 잘 부탁드립니다.

아 참 그리고, 상당히 오래된 얘기지만 아시안게임 때 금메달을 따게 해 주셔서 정말 고맙습니다. 지금 생각해 봐도 그건 아무리 봐도 제 힘으로 따낸 금메달 같지가 않습니다. 누군가 위대한 힘을 가진 분이 저한테 주신 것이라고 생각하고 있었어요. 당신이 주신 것이구나 하고 지금은 생각합니다. 정말 감사합니다. 이제 얼마 남지 않았지만 제가 평생 동안 간직할 수 있는 추억이 되었습니다."

침실에는 바람소리도 파도소리도 들리지 않고 고요함만이 가득 차 있었습니다.

"이런 식으로 하면 되나?"

남편은 쑥스러움을 감추려는 듯 저에게 물었습니다. 옆에서 듣고 있던 저는 마음이 점점 평온해지는 것을 느끼고 있었습니다.

"정말 기도하니까 마음이 편안해지는 것 같네."

"그러네요. 나도 그렇게 느끼고 있었어요. 뭐랄까, 조용히 앉아서 자기 속마음을 열어놓는 느낌이라 정말 마음이 편해지는 것 같아요. 그러고 보니까 미즈호 씨가 그런 말을 하더라고요. 기도라는 건 인간한테만 주어진 특권이라고."

남편은 그 말을 찬찬히 곱씹고 있었습니다.

"기도는 인간에게만 주어진 특권이라…… 누구나 궁지에 몰리게 되면 누구를 향해서든 기도하게 마련이지. 으음."

"여보, 쑥스럽기는 하지만 이번에는 내가 기도해 봐도 될까?"

"그래, 당신도 좀 해 봐. 솔직하게 어린아이처럼 기도하면 되는 거야."

"당신도 참……"

전 그 때서야 겨우 제 걱정으로부터 해방되어 저 말고 다른 사람, 그러니까 사랑하는 남편을 위해서 기도할 수 있을 것 같다는 생각이 들었지요.

"그럼 해 볼게요. 웃지 말아요."

"알았어."

눈을 감았더니 말이 저절로 흘러나왔습니다.

"하나님, 제 남편은 겁도 많고, 엄살도 심하고, 튼튼해 보여도 겉만 멀쩡하지 속은 엉망이고…… 그래도 코지한 테는 최고의 아버지고 저한테는 세상에서 제일 사랑하는 남편입니다. 남편이 앞으로 얼마나 살 수 있을지 아는 분은 하나님뿐입니다. 아무쪼록 남편을 그 시간의 공포에서 해방시켜 주세요.

암이 낫게 해 달라고 하지는 않을게요. 남편한테 힘을 내라고 하지도 않겠어요. 다만 남편이 고통에서 해방되어 언제나 우리한테 보이던 명랑하고 밝은 모습 그대로, 천국으로 가는 그 순간까지 마음 편하게 지낼 수 있도록 도와주세요. 남편에게 힘을 주세요. 저희 가족이 언제나 웃으며 지낼 수 있도록 해 주세요."

기도를 마치고 눈을 떴더니 등을 이쪽으로 돌리고 쌔끈쌔근 하고 작은 숨소리를 내며 잠든 남편의 모습이 보였습니다.

저는 작은 소리로 "아무튼 당신이란 사람은……" 하고 말하며 일어서려 했는데 자세히 보았더니 남편의 등이 움찔움찔 하며 떨리고 있었습니다. 남편은 잠든 척하고는 계속 울고 있었던 것입니다.

그런 남편을 본 저는 눈물을 참을 수가 없었습니다.

하지만 그것은 지금까지 경험한 적이 없는 눈물이었습니다. 절대로 슬퍼서 나는 눈물이 아니었습니다. 그렇다고 기쁨의 눈물도 아니었습니다.

그것은 그냥 평안함이 저희 두 사람을 감싸 주고 있는

듯한 그런 눈물이었습니다.

아마 남편도 같은 느낌의 눈물을 흘리고 있었을 것입니다.

공포로부터 완전히 해방되어 마음이 평안해지는, 지금까지 살아온 인생에서 맛본 적이 없는 시간이었습니다.

저희는 침대 안에서 눈물을 흘리고 사랑이 얼마나 아름다운지에 감동하면서 이윽고 깊은 잠 속에 빠져들었습니다.

저희 두 사람의 인생을 바꿔 준 겨울 어느 날 밤의 일이었습니다.

며칠 후에 쇼난 병원에서 스기모토 선생님이 휴일도 반납하고 왕진을 와 주셨습니다.

"노부 씨, 계세요-? 아직도 살아 있습니까-?" 하며 밝은 모습으로 들어왔습니다.

"식전부터 재수 없는 소리만 골라서 하고 있네." 하고 그때까지 힘없이 누워 있던 남편이 윗몸만 일으키며 속삭였습니다.

그러고는 니노미야 선생님께서 처방해 주신 최고의 항암제인 'JPN3'을 3시간에 걸쳐서 링거로 맞게 해 주셨습니다.

처음에 남편은 어지간히 무서웠는지 겁에 질린 동물처

럼 스기모토 선생님의 얼굴을 뚫어지게 바라보고 있었습니다.

누군가에게 기도하는 듯한 행동도 보였습니다. 워낙 소심한 사람이라 항암제의 부작용 때문에 생기는 고통은 물론이고 '살아날 수 있는 1퍼센트'를 믿는 한편으로 틀림없이 찾아올 '죽음에 이르는 99퍼센트'에 대한 진짜 공포에 직면하고 있었는지도 모릅니다.

입을 다물고 베개 속에 얼굴을 파묻은 채 3시간 동안 가만히 침대 위에 누워 있었습니다.

항암제 부작용을 그토록 두려워하던 남편이었지만 그 이튿날이 되어도 상태가 악화되는 일은 없었습니다.

부작용이 없음을 몸으로 느낀 남편은 물론 예전처럼은 아니었지만 눈에 띌 정도로 힘이 생겨났습니다. 특히 기력은 거의 현역 시절과 맞먹을 정도의 상태였습니다.

선생님, 기가 가진 힘이라는 게 이렇게 놀라울 줄은 정말 몰랐답니다.

니노미야 선생님께서 의사로서의 인생을 걸고 처방한 항암제 'JPN3'의 효과는 그 정도로 절대적이었습니다.

'JPN3'……. 그이가 아시안게임에서 금메달을 땄을 때 달았던 일본 대표 선수 번호. 그것과 같은 이름의 항암제.

남편이 이런 말을 했습니다.

"니노미야 라는 놈이 정말로 일본 외과계의 권위있는 의사 맞아? 내가 보기엔 영 돌팔이 같은데 말이야. 도무지 제대로 하는 것 같지가 않아. 시스플라틴(cisplatin)이니 인터로이킨(interleukin)II니 내 몸에 맞지 않는 것들만 골라서 투여하는 걸 보면.

그 놈도 요트를 타던 놈이라 사실은 금메달을 딴 나를 질투하고 있었던 것 아냐? 부작용으로 나를 그렇게 괴롭히더니 말이야. 처음부터 이 'JPN3' 만 주었으면 내 몸도 이렇게 나빠지지는 않았을 텐데. 더구나 앞으로 한 달밖에 못산다느니 어쩌니 그럴듯한 얼굴로 잔뜩 겁을 주잖아. 다음에 만나면 내 가만히 두나 봐라."

니노미야 선생님, 죄송합니다. 그 항암제는 니노미야 선생님의 우정 그 자체였는데 말입니다.

스기모토 선생님은 오버 테이블, 자동식 침대, 링거 캐스터 등 필요한 물건들을 모두 대여품으로 갖춰 주셨습니다.

쉬는 날에 와 주신 것만으로도 감사한데 마지막으로 차에서 한 손으로 꺼내신 것은 정말 감동적인 물건이었습니다.

티타늄과 카본 섬유로 스웨덴에서 제작된 초경량 소형 휠체어였습니다.

몸집도 작고 앙상하게 마른 남편에게 딱 맞는데다가, 부드럽고 큼직한 바퀴가 달려 있어서 간신히 구입한 좁고 낡고 문턱이 많은 저희 집 안에서도 편하게 움직일 수 있게 되었습니다. 더구나 더 큰 바퀴로 바꿀 수도 있기 때문에 도와주는 사람만 있으면 해변에서도 움직일 수 있게 되어 있는 뛰어난 제품이었습니다.

"이건 업자가 샘플로 주고 간 겁니다. 써 봐 달라고 한 거니까 노부 씨가 써 보고 어떤지 좀 알려 주세요. 그리고 거기 그 침대나 테이블도 병원 인테리어를 바꿀 때 버리려고 내놓았던 거니까 대여비니 뭐니 내실 필요 없습니다."

남편은 휠체어를 타고 좋아라 하며 집안 복도니 문턱을 가볍게 넘나들었습니다.

"역시 북유럽은 다르다니까. 가려운 곳까지 알아서 긁어주는 느낌이에요. 복지제도가 충실한 스웨덴이니까 이런 제품도 만들어내지요. 간병 관련 제품도 일본보다 훨씬 낫고. 하기야 역사의 무게가 다르니까. 그에 비하면 일본은 환자나 약자를 아직도 사회의 골칫거리 취급을 하고 있으니, 이렇게 편리한 휠체어를 만들어낼 수가 없지요."

남편은 스기모토 선생님의 이야기를 조용히 듣고 있었습니다.

"어떻게 해서든 일본의 간병 사정도 바꿔 갔으면 좋겠는데. 사실 따지고 보면 일본이야말로 세계에서 제일 장수하는 나라잖아요. 옛날에는 고려장 같은 것도 있었다는데 결국은 지금도 별로 변한 게 없다는 생각이 드네요."

스기모토 선생님은 침착하게 말했습니다.

최후의 항암제인 'JPN3'으로 힘을 되찾은 남편을 스웨덴 제 휠체어에 태우고 여기저기 다녔습니다.

우선은 중학교에 다니는 아들 코지가 축구 연습을 하는 운동장에 가 보았습니다.

머리카락도 다 빠지고, 더구나 과자를 좋아해서 이빨도 거의 없고, 앙상하니 뼈와 가죽만 남은 아버지의 모습이 친구들 보기에 창피하다며 싫어하던 코지도 많이 바뀌었습니다.

남편이 탄 휠체어를 밀고 운동장을 한 바퀴 돌기도 하고, 친구들한테로 데리고 가서 "우리 아버지야. 퇴원하신 다음에 많이 좋아지셨다"며 다른 애들한테 이야기해 주기도 했습니다.

남편도 완전히 변해버린 아들의 태도가 너무 기뻐서 눈물을 글썽이고 있었습니다.

집 앞 해변 옆에 있는 방파제에도 자주 갔습니다. 남편

식의 재활치료, 다시 말하면 그 좋아하는 낚시를 했던 것입니다.

물고기 한 마리 낚지 못해도, 가끔씩 차가운 바람이 불어와도, 남편은 그저 바다를 앞에 두고 있는 것만으로도 만족스러워 보였습니다.

그러다가 어느새 해가 바뀌어 정월이 되었고, 모리토 해안의 패밀리 레스토랑에 갔을 때의 일입니다.

니노미야 선생님도 준이치 씨도 잘 알고 계시는 분이겠지만 요코하마 중앙은행에 다니시는 사토 씨가 전화하셔서 패밀리 레스토랑에 있는 큰 화면으로 축구를 보지 않겠느냐는 제안을 하셨지요. 사실 처음에는 '웬 축구?' 하고 의아해하면서 남편에게 그 이야기를 전했더니 옆에서 듣고 있던 코지가 "보고 싶어, 나도 갈래"하며 오히려 더 나섰지요.

즈시 만을 바라보는 그 패밀리 레스토랑은 저희 가족이 자주 갔던 곳입니다. 그 집은 패밀리 레스토랑치고는 상당히 분위기가 있는 곳이지요. 오픈 카페도 있고, 무엇보다도 대형 화면의 TV가 있어서 스포츠 바 같은 느낌이 들기도 합니다.

남편과 저는 사토 씨와 코지가 끈질기게 가자고 하는 바람에 할 수 없이 정초부터 모리토의 패밀리 레스토랑으로 가게 되었습니다.

"난 축구 같은 건 별로 좋아하지 않는데. 거기까지 가느니 그냥 집에 편하게 앉아서 TV로 오락 프로그램이나 보는 편이 낫지"하며 처음에는 도무지 힘든 몸을 일으키려고 하지 않던 남편도 코지가 "어쩌면 유지 형이 나올지도 모르잖아"라고 딱 한마디 했더니 "그럼 가야지 뭐"하면서 반쯤은 좋아하는 얼굴로 휠체어에 올라탔습니다.

그날 축구를 본 다음에 알게 된 일인데 사토 씨도 옛날에 유명한 축구 선수였다면서요? 거기다가 남편이 암센터에서 유지 군이랑 같은 병실에 있었다는 것도 준이치 씨를 통해 알고 있었다는군요. 그래서 축구를 보자고 했구나 하고 나중에서야 이해가 되었지요.

레스토랑에 도착했더니 벌써 사토 씨가 대형 화면이 잘 보이는 제일 좋은 자리를 차지하고 앉아 "여기예요, 여기" 하면서 손을 흔들어 주었습니다.

코지가 그 자리로 급히 뛰어갔습니다. 코지는 저희 집에 있는 20인치짜리 작은 화면하고는 비교할 수 없을 정도로 커다란 액정 화면으로 전국 고등학교 축구선수권대회 결승전을 부모랑 같이 볼 수 있다는 사실이 마음속으로 너무 좋았던 모양입니다.

토도 고등학교 대 쿠니사와 고등학교. 강팀끼리 붙은 결승전은 열띤 경기가 되었습니다.

양쪽 다 전국에서 승리를 거듭해서 그 자리까지 온 팀입니다. 그중에는 벌써 J리그 진출이 결정되어 있는 선수도 있었습니다.

그러나 유지 군의 모습은 그라운드에서 찾아볼 수가 없었습니다.

"뭐야, 유지 그놈은 결국 못 나온 거야?"

남편은 평소처럼 무뚝뚝한 말투로 퉁명스럽게 말했고, 코지는 실망해서 어깨가 축 처졌습니다. 하지만 사토 씨만은 "아니에요. 반드시 나올 겁니다" 하면서 자신만만하게 두 사람을 위로하고 있었습니다.

시합은 유지 군이 있는 토도 고등학교가 먼저 골을 넣고, 다시 추가 점수를 따서 2-0으로 전반전을 마쳤습니다.

그런데 후반에 들어서자 쿠니사와 고등학교가 맹렬한 공격을 펼치기 시작했습니다.

사토 씨와 코지의 해설에 따르면 토도가 전반전 때 너무 힘을 많이 빼는 바람에 움직임이 눈에 띄게 둔해졌다는 것입니다. 거기다 수비도 허술해지고, 패스를 놓치는 일도 많아져서 경기의 흐름이 완전히 쿠니사와 쪽으로 기울어져버렸다고 했습니다.

흐름이 바뀐 것에 초조감을 느낀 토도 쪽 선수들은 위험한 반칙을 연발했고, 그러다가 결국 두 사람이 한꺼번에 레드카드를 받아 퇴장을 당했습니다.

이것으로 쿠니사와 11명에 토도는 9명이 되었습니다. 아무것도 모르는 제 눈으로 보아도 토도가 압도적으로 불리하다는 사실이 명백했습니다. 그러자 아나나 다를까 쿠니사와는 단숨에 만회하려는 듯 후반 25분에 한 점, 다시 5분 후에 동점 골을 넣었습니다.

남편도 코지도 저도 '이미 대세는 기울어졌다. 토도가 지겠구나.' 하고 생각했습니다.

그때 저는 사토 씨가 험악한 표정을 지으면서 작은 목소리로 "어째서 토다 그놈은 유지를 내보내지 않는 거야?" 하고 중얼거리는 소리를 놓치지 않고 들었습니다. 평소에 성실하고 조용한 성품으로만 알고 있던 사토 씨의 입에서 그런 식의 말이 나오다니 제 귀를 의심하지 않을 수가 없었습니다.

이 또한 나중에서야 알게 된 일이지만 토도의 토다 감독은 사토 씨의 대학 후배였다고 합니다. 그래서 시합 전에도 유지 군의 상태를 토다 감독을 통해 알고 있었다고 합니다.

그런 줄은 전혀 모르고 남편과 아들, 그리고 저는 손에 땀을 쥐고 양손을 마주잡고는 의자에서 몸을 앞으로 내민 자세로 정신없이 화면을 쳐다보고 있었습니다.

코지는 토도의 선수가 공을 빼앗길 때마다 "에이, 젠장. 이럴 때 유지 형이 있어야 하는데." 하고 투덜거리곤 했습니다.

바로 그때였습니다.

파란색의 긴 재킷을 입고 몸을 풀고 있는 유지 군의 모습이 화면 가득히 비쳤습니다.

"앗, 유지 형이다—!"

코지가 큰 소리로 외치더니 이쪽을 돌아보고는 남편과 제 손을 잡았습니다.

"아니, 몸도 저렇게 멀쩡한 놈이 어째서 뛰지 않고 있는 거야?" 하며 남편은 시큰둥한 태도를 보였습니다.

"아버지, 유지 형이에요. 와, 정말 멋있다. 아버지, 잘 봐 두세요!"

"응, 으응."

"제발 유지 형이 시합에 나가게 해 주세요."

하며 코지는 기도하고 있었습니다.

화면 속의 유지 군은 진지한 모습 그 자체였지만 투지가 너무 강한 나머지 살기까지 느껴지는 다른 선수들과는 달리 생기가 넘치고 안정된 표정을 하고 있었습니다.

거의 후반 35분이 다 지났습니다.

여전히 쿠니사와 쪽의 우세함은 바뀌지 않았습니다. 토도의 골대로 상대팀의 슛이 폭풍처럼 빗발치고 있었습니다. 세 번째 골이 들어가는 것도 시간문제처럼 보였습니다.

남은 시간은 앞으로 5분. 로스 타임을 쳐도 기껏해야 7, 8분 정도밖에 안 될 것입니다.

그때였습니다. 등번호 10번인 유지 군이 쏜살같이 그라운드를 향해 달려 들어갔습니다.

국립경기장 관중석에서는 깜짝 놀랄 정도로 와아 하는 큰 환호성이 들렸고, TV 아나운서까지도 흥분한 목소리로 실황중계를 하고 있었습니다.

이것은 유지 군으로서는 퇴원 이후 처음 맞이하는 공식 경기였습니다.

코지는 두 팔을 높이 들고 우와 하고 외치며 화면을 뚫어지게 쳐다보고 있었습니다. 사토 씨도 "좋았어!" 하고 작지만 힘 있는 말투로 말하며 주먹을 불끈 쥐었습니다.

그때 남편의 눈이 순간적으로 반짝이는 것을 저는 분명히 보았습니다. 정말 오랜만이었습니다. 남편의 그런 눈길을 본 것은…….

화면 속의 유지 군은 몸을 풀 때와 마찬가지로 전혀 긴장하고 있지 않은 것처럼 보였습니다.

유지 군이 가세한 토도는 신기하게도 그때까지 밀리던 분위기가 거짓말처럼 없어지면서 기세를 되찾아 순식간에 패스를 연결시켜 나갔습니다. 그러자 운동장 중앙에서 패스를 받은 유지 군이 남은 시간을 의식해서인지 그대로 공을 가지고 맹렬하게 쿠니사와 쪽 골대를 향해 돌진했습니다.

한 사람 젖히고, 두 사람 젖히며 달려가는 모습이, 코치 말을 빌리자면 전성기 때의 마라도나 같았다고 합니다. 그리고 상대팀 골키퍼와 옆에서 달려온 수비수가 한꺼번에 달려들었을 때 유지 군은 골대 앞으로 뛰어나간 자기 팀 선수한테 부드러운 패스로 공을 넘겼습니다.

그 선수는 침착하게 아무도 없는 골대 오른쪽 구석을 향해 공을 차서 결승골을 넣었습니다.

국립경기장을 가득 메운 3만 5천 명의 관중들은 한순간 조용해졌다가 곧바로 큰 환호성을 질렀습니다. 시합 종료를 알리는 호루라기 소리조차 들리지 않을 정도의 함성이었습니다.

저는 너무나 감동해서 몸이 떨려 오는 것을 느꼈습니다. 코지는 의자에서 벌떡 일어서서는 기뻐서 어쩔 줄 모르고 있었습니다. 그리고 평소에 진지하고 얌전한 사토 씨까지도 남편을 와락 껴안았습니다. 남편은 갑자기 자기를 끌어안은 사토 씨를 보고 당황해하면서도 만면에 웃음을 감추지 못했습니다.

화면 속에서는 토도 팀 선수 전원이 유지 군한테로 뛰어가고 있었습니다. 그중에는 미호의 모습도 섞여 있었습니다.

유지 군은 쑥스러운 표정으로 공을 옆구리에 끼고 다른 선수들과 함께 천천히 관중석을 향해 승리의 질주를 시작했습니다. 만족스럽게 웃는 얼굴이 화면 가득히 비쳐졌습니다.

그 얼굴은 저 암센터의 분홍색 커튼 뒤에서 잔뜩 토라져 있던 건방진 청년의 얼굴이 아니었습니다.

코지는 눈에서 눈물을 열심히 닦아내면서 "유지 형, 대단해, 유지 형, 대단해."라는 소리만 되풀이하고 있었습니다.

남편도 눈물을 글썽이면서 "저 놈은 그저 폼 잡을 줄만 알아요." 하고 말하고 있었습니다.

잠시 후에 인터뷰가 시작되었습니다.

당연히 다리 수술을 극복하고 컴백한 토도 고등학교 축구부 주장, 그리고 이번 시합에서 결승 골을 넣는데 결정적인 역할을 한 유지 군에게 제일 먼저 기자가 달려갔습니다. 인터뷰하는 기자까지 흥분하고 있는 것이 그대로 전해졌습니다.

그런데 유지 군은 오히려 시종일관 평온한 모습이었습니다. 기자가 물었습니다.

"그렇게 밀리고 있던 상황에서 기세를 바꿀 자신이 있었나요?"

"예에."

"로스 타임이 1분도 남아 있지 않았는데 이길 수 있다고 생각했습니까?"

"아니요."

유지 군의 어중간한 대답 때문에 기자가 좀 힘이 빠지는 모양이었습니다.

"경기장에 들어가면서 무슨 생각을 했습니까?"

"마지막 순간까지 포기하지 않겠다……. 끝까지 사과나무를 심어야겠다고 생각했습니다."

"네? 사과나무요? 그게 무슨 뜻이지요?"

기자는 유지 군이 한 말이 무슨 뜻인지 이해가 안 되는

모양이었지만

"마지막으로 한 말씀만 해 주세요."라고 부탁했고, 유지 군은 곧바로

"노부 씨, 보고 계시죠? 정말 고맙습니다!" 하고 힘차게 말했습니다.

"결승 골을 연결시켰던 토도 고등학교 주장인 가와무라 유지 선수였습니다!"

자꾸만 커져가는 함성 소리에 파묻힐 듯하면서도 유지 군이 분명히 그렇게 말하는 것이 들렸습니다.

"혹시 유지 형이 방금 아버지 이름을 부르지 않았어요?"

화면을 잡아먹을 듯이 노려보고 있던 코지가 물었습니다.

"그래? 관중 소리가 너무 시끄러워서 아무것도 못 들었는데. 잘못 들은 것 아니냐?" 하고 남편이 대답했지만 그 말은 쑥스러움을 감추기 위해 얼버무리려는 것이었을 뿐입니다. 남편이 얼마나 기뻐하고 있는지 그 표정만 보아도 충분히 알 수 있었습니다.

모리토의 레스토랑에서 돌아오는 길에도 남편은 여전히 기뻐하는 것처럼 보였습니다. 유지 군에게 자신의 진심이 통했다는 사실이 남편 자신에게도 용기를 주었던 모양입

니다.

너무도 기쁜 나머지 집에 돌아오더니 놀랍게도 휠체어에서 일어서서 낡은 저희 집 벽에 페인트를 칠하기 시작한 것입니다.

남편이 자기 힘으로 제대로 일어선 것은 자택 요양을 시작하고는 처음이었습니다.

우리가 매일 지나다니는 이 좁은 복도가 겨우 3시간 만에 펄 화이트 색의 화사한 복도로 변신하고 말았습니다. 마치 새로 지은 집 같았습니다.

역시 인테리어를 하던 사람은 다릅니다. 코지와 저는 "역시 썩어도 준치라더니"라고 말했고, 남편은 "말버릇 봐라!" 하고 소리를 지르고는 있었어도 기뻐하는 기색이 역력했습니다.

그 후에 "피곤해서 좀 누워야겠다"면서 거실 창가에 놓여있던 침대에 몸을 눕혔습니다.

항상 자리에 누워서 지내던 사람이 레스토랑에서 3시간 가까이 의자에 앉아 있었고, 그 후에 다시 3시간 동안 서서 페인트까지 칠했으니 어지간히 피곤했을 것입니다.

잠들어 있는 얼굴을 보았더니 정말 뿌듯한 달성감을 맛본 사람의 편안하고 평화롭기 그지없는 표정이었습니다.

"차 한 잔 드릴까요?" 하고 물은 제 목소리에 눈을 희미하게 뜬 남편이 창밖의 바다를 보면서 말했습니다.

"바람 참 좋다······."

서고동저의 겨울형 기압 배치였던 그날은 강한 북서풍이 쇼난 바다로 불어오고 있었습니다. 요트를 타는 사람한테는 최고의 바람입니다.

그 말만 하더니 남편은 다시 편안한 숨소리를 내면서 잠들어버렸습니다.

그것이 남편한테서 듣는 마지막 말이 될 줄은 저나 코지나 상상조차 하지 못했습니다.

"오늘은 정말 피곤했죠."하면서 저는 이불을 턱밑까지 덮어 주었습니다. 코지도 베개를 제대로 놓아 주었습니다.

저희 둘은 "너희 아버지는 어떤 때 보면 정말 어린애 같단 말이야. 오늘도 축구 시합을 보고 흥분해서 페인트칠까지 해 버리신 거겠지?" 하고 말하며 서로를 마주 보고 웃었습니다.

몇 시간 후에 이변을 알아차린 저는 허겁지겁 스기모토 선생님께 전화를 걸었습니다.

당장 달려온 스기모토 선생님과 뒤이어 도착한 구급대

원들은 아직 손을 쓸 수 있다며 곧바로 응급조치를 취하려고 했습니다.

저도 기도하는 마음으로 준비하는 모습을 지켜보았습니다.

그때였습니다. 스기모토 선생님이 구급대원들을 말없이 제지했습니다. 그리고는 정중하게 종이 한 장을 품에서 꺼냈습니다.

그 종이에는 이렇게 쓰여 있었습니다.

리빙 윌(LIVING WILL, 존엄사를 위한 선언서)

1. 저의 상처나 병이 현재의 의학으로는 치유할 수 없는 상태이고, 이미 죽음이 닥쳐왔다고 판단되었을 경우, 죽음을 연기시키기 위한 연명조치는 일체 거부합니다.
2. 다만 그런 경우에도 저의 고통을 덜어주기 위한 조치는 최대한으로 실시해 주십시오. 그것을 위해 예를 들어 마약 등의 부작용으로 인해 죽음의 시기가 빨라진다 해도 전혀 개의치 않습니다.
3. 제가 몇 개월 이상에 걸쳐서 소위 식물인간 상태에 빠졌을 경우에는 모든 생명 유지 조치를 중지해 주십시오. 이상, 저의 선언에 있는 요망을 충실하게 이행해 주신

분들께 깊은 감사를 드리면서 그 분들이 제 요망에 따르기 위해 취하셨던 모든 행위에 대한 일체의 책임은 저 자신한테 있음을 명백하게 밝혀 두는 바입니다.

그리고 그 여백에는 초등학생처럼 서툰 글씨로 저와 코지에게 주는 메시지가 적혀 있었습니다.

유코, 코지, 지금까지 정말 고마워.

나는 이제 충분히 살았다.

저 '명의'라는 니노미야한테도 인사 전해 주기 바란다.

'JPN3'이라는 항암제가 이 세상에 존재하지 않는다는 것은 나도 이미 알고 있었다.

당신도 잘 알다시피 난 겁이 많은 놈이라 여러 가지로 많이 알아봤거든. 그 약은 그저 내 선수 번호였던 'JPN3'이라는 딱지만 붙여놓은 보통 전해질 링거일 뿐이라는 사실은 처음부터 알고 있었다.

아무튼 사람을 속여도 유분수지. 일본에서 손꼽힌다는 외과 의사가 할 짓이냔 말이다. 만약 이런 일이 의사회에 알려지기라도 한다면 어떡하려고. 의사 면허가 취소될 텐데. 나를 속일 수 있다고 생각했나? 아무튼 웃기는 인간이라니까.

게다가 거짓말까지 했단 말이야. 내가 "나을 가능성이 얼마나 되냐."고 끈질기게 물고 늘어지니까 학을 뗐는지 "1퍼센트"라고 대답은 했지만 사실은 거의 불가능한 상태였지.

그런데도 그 인간은 내가 말한 "말기암 환자한테는 희망이 중요하다"는 말이 마음에 걸려서인지 "1퍼센트 있을까 말까"하다며 거짓말을 한 거야. 의사가 환자한테 거짓말을 하면 어떡하냔 말이다.

그래도 그 인간의 배려는 정말 감사하게 생각한다. 그러니까 고마워하더라고 전해 줘.

그리고 'Heaven'의 아이짱한테도 감사한다. 남의 애독서에 낙서를 하면 안 되겠지만 그런 문구라면 얼마든지 해도 좋을 것 같다. 정말이지 덕분에 용기와 희망을 많이 얻을 수 있었다. 그 아이는 하와이 태생이니까 땡큐라고 전해 줘.

또 요코하마 중앙은행의 사토 씨한테도 다시 한 번 감사 인사를 해 주었으면 좋겠다. 내가 억지를 써서 집을 사고 싶다고 떼를 쓰는 바람에 상당히 폐를 많이 끼치게 된 것 같으니까. 그래도 덕분에 내 집을 살 수 있었지.

나는 빈스처럼 되지는 못했지만 가족을 사랑하는 마음만큼은 더하면 더했지 덜하지 않다고 자부할 수 있어. 빈스뿐만 아니라 누구랑 견줘도 지지 않을 거야.

집 한 채밖에 남겨주지 못했지만 내가 이렇게 끝까지 열심히 살았다는 점을 코지가 알아 주었으면 해.

암센터에 있었을 때 당신한테 말하지 않고 존엄사 협회에 들었다.

선서문에 나온 내용도 이해해 주기 바라. 의식이 없는 상태로 온몸을 호스로 친친 감은 스파게티처럼 되면서까지 당신과 코지한테 더 이상 폐를 끼치고 싶지 않았어.

당신한테 아무런 의논도 하지 않고 스기모토에게 이 편지를 맡긴 점에 대해서도 용서해 주기 바라.

오늘 하나님이 나한테 천국으로 오라고 말씀하셨구나 하고 생각해 준다면 나는 기쁘겠어.

코지, 씩씩하게 실아라. 그리고 어머니를 잘 위해 드려라.

타인에 대한 사랑을 절대로 잃지 않기 바란다. 배신을 당해도 좋으니까 남에게 신뢰를 받는 인간이 되어라.

"나를 믿는 자는 죽어도 산다."

이 말의 뜻은 편지센터에 있는 아이짱한테 물어보아라.

유코, 코지를 잘 부탁해. 쇼난에서 활기차게 자라게 해 줘.

인생이 평탄한 길로 되어 있는 것만은 아니지만 그래도 잘 이끌어 줘.

당신과 함께 한 13년 동안 가난했지만 정말로 즐거웠어. 고마워.

그럼 잘 있어.

천국에서 기다릴게.

소심한 남자가 마지막까지 폼을 잡기는…….

하지만 남편이 가버리고 나니까 그때서야 그이가 우리를 위해 얼마나 많은 것을 해 주었는지 서서히 알게 되었습니다.

저는 제가 그의 아내라는 사실에, 코지는 아들이라는 사실에 대해 큰 자부심을 느꼈습니다.

그이를 만나서 저는 정말 행복했습니다.

그이한테서 저는 믿음과 사랑의 소중함을 배웠다는 생각이 듭니다.

집을 사 주었으니 한동안은 여기서 살 작정입니다. 하지만 6년 후에 코지가 열여덟살이 되면 이 집을 코지한테 물려주고 저는 남편과 처음 만난 섬, 오키나와로 돌아갈 생각입니다.

그때까지는 남편이 사랑한 이 쇼난의 바다에서 코지를 열심히 키우려고 합니다.

남편이 걸어간 길은 정말 맑고 투명했습니다.

그이를 만나 함께 웃고, 싸우고, 코지를 낳고, 함께 시간을 보낼 수 있었다는 사실이 감사할 따름입니다.

아름다운 영화를 보고 있었던 것 같습니다.

남편은 마지막까지 그이답게 살다 갔습니다.

저는 앞으로도 그이의 사랑을 잘 간직하며 씩씩하게 걸어가겠습니다.

니노미야 선생님, 준이치 씨, 아이짱, 미즈호 씨, 그리고 암센터에 계신 여러분께 진심으로 감사드립니다.

안녕히 계십시오.

서풍이 강하게 부는 맑은 날에 쇼난에서 이시마루 유코

다 읽었을 때 미즈호 씨는 이미 내 옆에 없었습니다. 니노미야 선생님과 함께 베란다에서 레인보 브리지를 바라보고 있었습니다. 둘 다 정말 맑은 표정을 짓고 있었습니다.

1월 초에 나는 니노미야 선생님한테서 전화로 연락을 받고 노부 씨가 세상을 떠났다는 사실을 알았습니다.

니노미야 선생님과 스기모토 선생님과 함께 장례식에 참석했을 때 유코 부인의 표정이 이상할 정도로 맑았다는 점도 분명히 기억하고 있습니다. 나는 자기 남편이 세상을 떠났는데 어떻게 저런 표정을 지을 수 있을까 하고 신기해했습니다.

그러나 지금 이 편지를 읽어 보니 그 이유를 분명히 알 수 있습니다.

마지막 선고를 받았으면서도 노부 씨는 노부 씨답게 자기 인생을 끝까지 살았습니다. 그리고 뒤에 남을 부인과 아들에게도 슬픔이나 허전함을 남겨준 것이 아니라 오직 이시마루 노부히코라는 인간이 살았다는 사실만을 분명히 아로새기고 갔습니다…….

노부 씨와 같은 인생이 부럽다는 생각이 들었습니다. 요트로 올림픽 출전까지 바라볼 수 있었을 때 위암에 걸려 단념하였고, 다시 40대 후반에 가서 이번에는 직장암과 간암이 발병하여 결국 생명을 다한 노부 씨였지만 이 정도까지 자신의 삶을 끝까지 불태우고, 다른 사람들에게 사랑을 받았다면 아무 여한도 남아 있지 않았을 것입니다.

하지만 모든 사람이 노부 씨처럼 살 수 있는 것은 아닙니다. 인간은 약한 존재이고 자연의 힘 앞에서는 꼼짝도 하지 못합니다.

나는 정신과 의사로서 많은 사람들이 편안하게, 그리고 건강하게 살아갈 수 있도록 열심히 노력해야겠다고, 유코 부인이 쓴 편지를 읽고 새삼 마음속으로 다짐을 했습니다.

그런데 도대체 인생이란, 운명이란, 그리고 생명의 시간이란 어떤 것이며 누가 어떻게 정하고 있는 것일까……? 그 한 가지 의문만은 머릿속에서 떠나지 않았습니다.

하지만 동시에 커다란 가르침도 한 가지 얻게 되었습니다.

생명에는 시작과 끝이 있고, 그 사이에 '사는 시간'이라는 것이 있다는 사실. 슬픈 일도 있겠지만 그 또한 인간에게 주어진 것이며, 지금도 지구상의 모든 곳에서 쉬지 않고 '생명의 시간'이 흐르고 있다는 사실을 깨달았습니다.

나는 베란다에 있는 니노미야 선생님과 미즈호 씨 틈새에 끼어서 두 사람이 바라보는 레인보 브리지로 눈길을 보냈습니다.

"인생은 길이가 중요한 게 아니야."

니노미야 선생님이 불쑥 중얼거렸습니다.

나는 앤드류 머레이(Andrew Murray)의 시가 생각났습니다.

당신의 인생을, 얻은 이익이 아니라 잃은 희생으로 평가하라.

마신 포도주가 아니라 따라준 포도주로 평가하라.

왜냐하면 사랑의 힘은 사랑의 희생을 바탕으로 하기에

가장 많이 괴로워하는 자가 가장 많이 남에게 줄 것을

가지고 있기에.

이날 쓰키지에는 유코 부인이 쇼난에서 편지를 썼던 날처럼 강한 서풍이 불고 있었습니다.

역자 후기

오래 전, 철없던 십대 시절에 친구들과 잡담을 하면서 무심코 이런 이야기를 한 적이 있습니다.

"넌 가늘고 길게 살고 싶니, 아님 짧고 굵게 살고 싶니?"

물론 저를 포함한 대부분의 친구들은 '짧고 굵게' 살겠다고 대답했지요.

'죽음' 같은 것은 자신에게 영원히 찾아오지 않거나, 혹은 아주 까마득히 먼 미래에나 생길 일이라고 막연하게 믿으면서……

하지만 자신의 생명이 언제 끝날 지 예측할 수 있는 사람은 아무도 없습니다.

이 책에 등장하는 인물들도 마찬가지입니다.

마른하늘의 날벼락을 맞은 것처럼 어느 날 갑자기 자신의 생명이 얼마 남지 않았다는 '사형선고'를 받은 사람들.

그 중에는 창창한 앞날이 기대되는 청소년도 있고, 방금 한 생명을 이 세상에 탄생시킨 젊은 엄마도 있고, 비뚤어진 과거를 바로잡고 열심히 다시 살아보려고 노력하는 가장도 있습니다. 그리고 이미 한번 '암'이라는 죽음의 신과 마주쳤다가 그것을 이겨내고 새로운 삶을 의욕적으로 살던 사람도 있습니다.

하지만 이제 이 사람들은 '가늘고 길게' 살겠다는 선택을 할 수가 없습니다. '짧게' 마감될 것이 예고된 삶. 그것을 '굵게' 만들 것이냐, '가늘게' 만들 것이냐 하는 점만 선택할 수 있을 뿐입니다.

그런 캄캄한 절망의 계곡 속을 걸으면서 '희망'이라는 등불을 놓지 않은 사람들의 이야기가 이 책에 실려 있습니다.

삶에 대한 희망, 내일에 대한 희망은 '내일 지구의 종말이 찾아온다 해도 오늘 나는 한 그루의 사과나무를 심겠다.'는 스피노자의 말이 대변하고 있지요.

내일이 자기에게는 찾아오지 않을 것을 알면서도 사과나무를 심는 사람들의 모습을 통해 참으로 많은 것을 느낄 수가 있었습니다.

'사랑'과 '희망'. 피상적으로 듣기에 너무도 흔한 말들이지만, 그것을 자신의 가슴으로 느끼기란 얼마나 힘든 일인지. 그래서 참된 희망을 품고, 진정한 사랑을 느낀다는 경험이 얼마나 귀하고, 또 얼마나 사람을 강하게 만들어주는지…….

이 책은 또한, 내일을 갖지 못한 사람들이 사과나무를 심는 다면, 내일을 충분히 가지고 있는 우리는 어떤 자세로 삶을 살아야 할지를 곰곰이 생각하게 해 주었습니다.

오늘 할 일을 내일로 미루고 마냥 시간이 흘러가게 내버려 두면서 어제 살았던 것처럼 오늘도 그냥 살아가는 일상 속에 매몰된 생활을 이제 그만둘 때가 된 것 같습니다.

'하루하루를 삶의 마지막 날이라고 생각하며 최선을 다해 살아라.' 는 말을 어디선가 읽었던 기억이 납니다.

오늘부터 삶에 대한 자세를 그렇게 바꾼다면 자신에게 남아 있는 시간이 며칠이건, 혹은 몇 십 년이건 살아있는 나날이 아름답게 빛날 것이라는 생각이 듭니다.

이 책은 이렇듯 삶에 대한 저의 자세를 다시금 돌아보게 해 주었습니다.

번역을 하면서 많은 것을 느끼게 해 준 이 책이 읽는 독자 분들에게도 자신의 생활을 돌아보고 더욱 아름답게 살아야겠다는 결심을 하는데 조금이나마 보탬이 되었으면 하는 바람입니다.

마지막으로 이 책의 저자인 이이지마 나츠키 님께 깊은 감사를 드리면서 심심한 조의를 표하는 바입니다.

2007년 봄

옮긴이 · 임희선

일본에서 중고등학교를 다녔으며 연세대 신문방송학과 졸업. 한국외국어대학교
통역대학원 한일과를 졸업하고 시사영어사 및 국내 대기업에서 일본어 강의를 했
으며, 동시 통역사로 활동하기도 했다. 역서로는 「백수 노브」, 「걸(girl)」, 「공중정
원」, 「도요토미 히데요시 1~5권」, 「나는 고양이로소이다, 상 · 하권」, 「어른이 된 토
토짱」 등 다수가 있다.

신이 주신 눈물

1판 1쇄 인쇄 2007년 6월 25일
1판 1쇄 발행 2007년 7월 5 일

지 은 이 이이지마 나츠키
옮 긴 이 임희선
발 행 인 김청환
발 행 처 이너북
책임편집 이선이

등   록 제 313-2004-000100호
주   소 서울시 마포구 서교동 354-11 대영빌딩 5F
전   화 02-323-9477
팩   스 02-323-2074
http://www.innerbook.co.kr
E-mail: innerbook@naver.com

ISBN 978-89-91486-24-9 03830

* 잘못된 책은 바꿔드립니다.